Esmé Lammers

Lang lebe die Königin!

Esmé Lammers

Lang lebe die Königin!

Aus dem Niederländischen
von Beate und Arnica Esterl

Mit Illustrationen
von Annemarie van Haeringen

Verlag Freies Geistesleben

Esmé Lammers, geboren 1958 in Amsterdam, ist Regisseurin und Drehbuchautorin. Ihr Film *Lang lebe die Königin* erhielt 1996 den Gouden Kalf sowie 1995 ebenfalls als «Bester Film» den Cinekid Award und 1996 den ersten Preis des Internationalen Kinderfilmfestivals von Chicago. Ihr Großvater Max Euwe, dem ihr Buch *Lang lebe die Königin* gewidmet ist, war von 1935 bis 1937 Schachweltmeister und von 1970 bis 1978 Präsident des Weltschachbundes FIDE.

Diese Übersetzung erscheint mit freundlicher Unterstützung des Nederlands Literair Produktie- en Vertalingenfonds, Amsterdam

Die Originalausgabe erschien 1997 unter dem Titel
Lang leve de Koningin bei Uitgeverij Leopold, Amsterdam

6. Auflage 2017

Verlag Freies Geistesleben
Landhausstraße 82, 70190 Stuttgart
www.geistesleben.com

ISBN 978-3-7725-1796-9

Deutsche Ausgabe:

Einband sowie Innenillustration: Annemarie van Haeringen
Foto der Umschlagrückseite: Victor Arnolds © 1995 Almerica Film B.V.
Tiba Tossijn in dem Film *Lang lebe die Königin*
Gesamtherstellung: CPI – Clausen & Bosse, Leck
Printed in Germany

Für die kleine Geena

Max Euwe, meinem Großvater, gewidmet

Bei folgenden Menschen will ich mich bedanken für ihre Inspiration, ihre Ratschläge und ihre Unterstützung: Hans Böhm, Caroline Euwe, Laurens Geels, Maarten van der Gugten, Liesbeth ten Houten, Jacolien Kingmans, Riana Scheepers und Elsemijn Teulings.

Diese Geschichte handelt von einem Mädchen namens Sara und von einer Königin. Nicht von einer normalen Königin wie die Königinnen in Holland oder England, sondern von einer Schachkönigin. Vielleicht glaubst du, dass eine solche Königin schrecklich langweilig oder streng ist, aber du wirst bald sehen, dass sie lieb ist und weise und dass ihre Augen immer lachen.

Die Geschichte fängt an, als Sara gerade acht Jahre alt geworden ist. Sie will in der Schule nicht lernen, vor allem, weil sie immer schlechte Noten bekommt. Und sie hat noch nie von der Schachkönigin gehört. Sie weiß also auch nicht, dass diese Königin ihre beste Freundin werden wird und dass sie zusammen Schach spielen lernen werden und dass sie sogar ihren Vater …

Nein, das werde ich jetzt nicht verraten, ich werde der Reihe nach erzählen. Es fing alles damit an, dass Sara einen Aufsatz über ihren Vater schreiben sollte.

I

Vielleicht merkt der Lehrer nicht, dass der Aufsatz gar nicht von meinem Vater handelt, dachte Sara. Sie hoffte jedenfalls, er werde nicht danach fragen. Denn sonst würde Mariette, das Mädchen in der Bank vor ihr, sich sofort umdrehen und anfangen zu fragen:

«Wo wohnt denn dein Vater? Warum wohnt er nicht bei euch? Wann hast du ihn das letzte Mal gesehen?»

Sara wusste dann nie, was sie antworten sollte.

Die Kinder glaubten, dass sie es nicht hörte, aber Sara merkte schon, wie sie die Köpfe zusammensteckten und tuschelten:

«Sara hat keinen Vater.»

«Saras Vater will nicht bei ihr wohnen.»

Weil sie von ihrem Vater so gut wie nichts wusste, hatte Sara einen Aufsatz über ihren Großvater geschrieben.

Seit drei Jahren lebte sie mit ihrer Mutter bei ihm in dem großen Haus. Kurz vorher war ihre Großmutter gestorben, und der Großvater war traurig und einsam und kümmerte sich kaum noch um sich selbst. Da meinte Saras Mutter, dass es auch für Sara netter wäre, nicht immer allein zu sein, wenn sie selbst zur Arbeit ging. Und so zogen sie in das große Haus.

Sara hatte versucht, einen guten Aufsatz zu schreiben. Sie erzählte, dass «er» früher als Kapitän zur See gefahren war, jetzt aber immer zu Hause blieb (weil er pensioniert worden war, aber das schrieb sie lieber nicht dazu), und dass «er» das ganze Haus mit Kisten, Figuren und Schifffahrtsgeräten voll gepackt hatte, damit es noch ein wenig so aussah, als ob er auf einem Schiff wohnte. Sie schrieb auch, dass «er» fast den ganzen Tag in seinem Arbeitszimmer saß und an einem Stammbaum arbeitete. Sie erklärte sogar, dass ein Stammbaum eine lange Liste mit den Namen der Familienmitglieder ist. Alle standen sie darauf: Sara, ihre Mutter und darüber Saras Großvater und Großmutter und darüber deren Vater und Mutter und Geschwister.

An einigen Stellen des Stammbaums stand ein Fragezeichen, und das bedeutete, dass «er» nicht wusste, wie die Leute hießen. Wo der Name von Saras Vater hätte stehen sollen, war auch ein Fragezeichen. Das hatte sie aber lieber nicht in dem Aufsatz geschrieben. Nirgends hatte sie in dem Aufsatz gelogen. Sie hatte immer nur «er» geschrieben und niemals «mein Vater».

Die Aufsätze der anderen Kinder trugen den Titel: «Mein Vater». Über Saras Aufsatz stand: «Wer ist er?»

«Dein Vater wird sich freuen, Mariette!», sagte der Lehrer freundlich und gab Mariette ihren Aufsatz zurück. Rechts oben stand eine große Eins. Mariette schaute sich voller Stolz um. Der Lehrer kam zu Sara. Als Erstes sah sie, dass der ganze Aufsatz mit roten Korrekturen voll gekritzelt war. Darüber sprang ihr eine Vier förmlich in die Augen. Sara nahm das Blatt und wollte es gleich wegstecken, aber der Lehrer blieb stehen.

«Handelt der Aufsatz von deinem Großvater, Sara?», fragte er.

Er hatte es also gemerkt. Sara nickte.

«Ist das der Großvater, der sagt, dass du manche Dinge gar nicht zu wissen brauchst, weil du sie nachschlagen kannst?»

Sara spürte, wie die Kinder sie anstarrten.

«Es ist eine gute Geschichte, Sara. Nur schade, dass du so viele Schreibfehler gemacht hast, nicht wahr?» Der Lehrer schaute sie ernst an. Sara beugte sich über den Aufsatz, und der Lehrer ging weiter.

«Zeig mal her!» Mariette hatte sich tatsächlich schon wieder umgedreht.

Zögernd schob Sara das Blatt zu ihr hin.

«Mensch, so viele Fehler! Ich würde nie wagen, meinem Vater so was zu zeigen», sagte Mariette. Plötzlich sah sie Sara scharf an. «Aber du hast doch gar keinen Vater!», schrillte ihre Stimme durch die Klasse.

Sara riss ihr den Aufsatz aus den Händen.

«Klar habe ich einen Vater!»

«Ach ja, und wo ist er denn?»
«In Südafrika.»
«In Südafrika? Das kann doch gar nicht sein, dort sind alle Menschen schwarz.» Mariette drehte sich zu ihrer Nachbarin. «Siehst du, sie lügt wie gedruckt.»
Sara biss sich auf die Lippen. Tränen schossen ihr in die Augen.

Sara hatte nicht gelogen, als sie sagte, dass ihr Vater in Südafrika lebte. Das hatte ihre Mutter ihr selbst erzählt. Aber die Mutter sprach nur ganz selten darüber. Sara hatte schon öfter nach ihrem Vater gefragt, aber meistens wimmelte ihre Mutter sie ab. Nur das eine Mal, als Sara gesagt hatte, dass ihr Vater dann wohl tot sei, war ihre Mutter sehr erschrocken und hatte ihr versichert, dass er nicht tot war, sondern in Südafrika lebte.

Sara wusste gar nicht, wo Südafrika lag. Sie fragte ihren Großvater, und er zeigte es ihr auf dem großen Globus, der in seinem Arbeitszimmer stand. Eins war klar: Südafrika war weit weg!

Sara fürchtete, dass ihre Mutter böse würde, wenn sie weiter fragte, und deshalb hatte sie sich am nächsten Tag selbst auf die Suche gemacht.

Im Schlafzimmer ihrer Mutter stand eine große Überseekiste, und die hatte sie heimlich aufgeschlossen. Kunterbunt lagen die Sachen darin verstreut. Ein geblümtes Kleid, eine alte Handtasche, ein Schminkköfferchen, Briefe und Fotos. Die Fotos zeigten ihre Mutter als Stewardess und mit Freundinnen auf einer sonnigen Terrasse, und auf einem Bild war sie noch ganz jung und stand an der Reling auf Großvaters Schiff.

In einem dünnen, knisternden Umschlag voll mit verwischten Stempeln hatte sie noch ein Foto entdeckt. Es zeigte die Mutter neben einem Mann, den Sara nicht kannte. Sie standen vor einem großen Brett mit weißen und schwarzen Feldern. Auf dem Brett waren Figuren aufgeklebt. Sara konnte ein Pferd erkennen und einen Turm und Soldaten und auch eine kleine Krone.

Dann hatte sie sich den Mann genau angeschaut. Er hatte den Arm um Mutters Schultern gelegt und blickte ernst drein, als müsse er eine schwierige Aufgabe lösen. Ihre Mutter sah gar nicht ernst aus, sie lächelte vielmehr ganz fröhlich. Sara wünschte sich, der unbekannte Mann auf dem Foto wäre ihr Vater.

Sara schaute auf die kleine Uhr, die im Klassenzimmer über der Tür hing. Fast zwölf Uhr. Endlich fort, fort aus der Klasse! Sie malte das Bild von den Vögeln auf dem Schulhof schnell fertig. Das war das Einzige, was sie an diesem Vormittag getan hatte. Was sie nach der Schule anfangen sollte, wusste sie noch nicht. Ihre Mutter arbeitete im Friseursalon, und ihr Großvater war mit seinem Stammbaum beschäftigt. Aber draußen war es immer noch besser als in der Klasse, draußen fragte keiner, wie viel zwölf mal drei ist.

Sie schob das Heft in ihre Schultasche. Der Lehrer klatschte in die Hände, und alle Kinder standen auf, Sara auch.

«Sara, bleib bitte noch kurz da.» Schwer klang seine Stimme zwischen den lärmenden Kinderstimmen.

Sara hoffte, dass sie sich verhört hatte, und lief an den Tischen entlang zur Tür. Aber die Hand des Lehrers hielt sie zurück. «Sara, ich muss mit dir reden.»

Der Schulhof war jetzt voller Kinder, die Fußball spielten oder umherrannten. Ihre Stimmen ertönten aus der Ferne.

In dem leeren Klassenzimmer setzte der Lehrer sich ihr gegenüber.

«Du schreibst immer wieder schlechte Noten, Sara.»

Sara wusste schon lange, dass sie schlechte Noten hatte. Nur nicht im Zeichnen, da bekam sie eine Zwei! Der Lehrer lächelte ein wenig und sagte, dass ihr das nicht viel nützen würde. Wenn sie so weitermachte, müsste sie sitzen bleiben. «Ich glaube nicht, dass deine Mutter sich darüber freuen wird.»

Nein! Darüber würde ihre Mutter sich bestimmt nicht freuen!

Der Lehrer reichte ihr einen Umschlag.

«Hier ist ein Brief für deine Mutter. Ich habe ihr geschrieben, dass du ein paar zusätzliche Aufgaben machen musst, sonst kann ich dich nicht versetzen.»

Sara verstaute den Brief in ihrer Schultasche und stand auf. Wie sollte sie denn bessere Noten schreiben?

Jetzt machte der Lehrer ein strenges Gesicht.

«Du denkst: Lass den Lehrer nur reden, ich tue nur, wozu ich selbst Lust habe. Aber das geht so nicht länger, Sara. Das wirst du doch verstehen.»

Nein, Sara verstand das nicht. Die meinten alle, sie wolle absichtlich nicht lernen. Aber das stimmte nicht. Sie hätte so gerne gute Noten …

Sara rannte aus der Klasse. Der Lehrer versuchte noch, sie aufzuhalten, aber sie war zu schnell.

Schon seit Anfang des Schuljahres war es ihm schwer gefallen, mit ihr zu reden. Er hatte zum Beispiel einmal nach ihrem Vater gefragt, aber aus der rätselhaften Antwort konnte er nur entnehmen, dass der Vater nicht bei der Familie wohnte. Das war an sich nicht so ungewöhnlich, so war es auch bei anderen geschiedenen Eltern. Und dennoch … Andere Väter kamen manchmal zu einem Elternabend oder einem Schulfest, und sogar Väter, die im Ausland wohnten, besuchten ihn irgendwann. Aber Saras Vater hatte er noch nie gesehen. Seltsam!

Als Sara über den Schulhof lief, waren die meisten Kinder nach Hause gegangen, nur ein paar Jungen spielten Fußball. Die Vögel, die während der Schulstunden die Samen aus den Ritzen zwischen den Steinplatten herauspickten, saßen hoch oben in den Bäumen.

Das Dorf, in dem Sara lebte, war klein. Man konnte sich kaum verirren. Nach fünf Minuten kam man bestimmt an eine Stelle, wo man schon einmal war. Am Dorfplatz, wo auch die Kirche stand, lagen einige Läden. Dort hatte Saras Mutter vor drei Jahren einen Friseursalon gekauft. Der Laden war fast immer voll, und deshalb musste sie viel arbeiten. Sie kam meistens erst spät abends nach Hause und verließ morgens als Erste das Haus. Sara sah ihre Mutter fast nur beim Abendessen.

Sie dachte sich ein Spiel aus: Wenn sie auf den Rand einer Steinplatte trat, musste sie nach Hause, blieb sie aber in der Mitte, dann durfte sie zu ihrer Mutter in den Friseurladen. Wenn mehr als fünfzig Platten in der Straße waren, die sie entlanglief, dann würden wenig Kunden im Friseurladen sein und ihre Mutter würde Zeit für sie haben. Sie würde sogar eine Tasse Tee bekommen und einen Keks. Sara wusste, dass es im Laden köstliche Kekse gab, Spritzgebäck, das auf der Zunge zerging, so dass es schmeckte, als ob man hundert Kekse auf einmal aß. Zu Hause gab es auch Kekse, aber die waren hart und trocken, weil ihr Großvater sonst die ganze Keksdose auf einmal leer aß.

Nur wenn sie wirklich nirgends den Rand der Platten berührte, durfte sie zu ihrer Mutter.

Sie bog um die Ecke. Ein Glück, sie hatte auf dem Gehweg fünfundachtzig Platten gezählt. Ihre Mutter würde Zeit haben.

Sara hatte langes dunkelblondes Haar, und in der Frühlingssonne glänzte es wie Gold. Es tanzte auf ihrem Rücken, während sie von einer Platte zur nächsten hüpfte. Sie musste gut aufpassen, denn die Straße war voller Menschen, die sie aus dem Gleichgewicht bringen konnten.

Geschickt wich sie den Leuten aus und erreichte das Ende der Straße, ohne auch nur einmal auf den Rand einer Platte zu treten. Fast hatte sie den Friseurladen erreicht. Nur noch diese Straße entlang und dann auf die andere Seite und dann um die nächste Ecke.

Sara machte immer größere Schritte, sie schmeckte die Kekse schon …

Da! Sie konnte nicht weiter. Vor ihr auf dem Gehweg standen große Umzugskartons. Sie schaute, ob sie die Straße überqueren könnte, aber drüben war kein Gehweg. Also dann vorsichtig an den Kisten vorbei. Gar nicht so einfach!

Die Umzugskisten standen vor einem Laden. Der Laden war noch leer, nur im Schaufenster hing ein Schild, auf dem VERKAUFT stand. Am Straßenrand stand ein Auto mit einer großen Ladefläche, auf der eine Menge Schachteln, Möbel und Spielsachen gestapelt waren. Jemand stöberte darin herum.

Sara betrachtete ein hölzernes Schaukelpferd, das aus dem Autofenster ragte. Sie ging näher heran. Da erschrak sie, denn ein Junge kam hinter dem Auto hervor. Er war blond und etwa so alt wie sie. Er trug eine karierte Mütze und eine Brille und wankte unter der Last einer viel zu großen Schachtel auf den Laden zu. Dann verlor er das Gleichgewicht und taumelte.

«Pa-haps! Pa-pa!»

Sara schaute in den Laden. Alles blieb still.

Der Junge schwankte noch mehr. Sara wollte zu ihm hinrennen, aber sie sollte doch nicht auf die Ränder …

Die Schachtel fing an zu rutschen und stieß dem Jungen die Brille von der Nase. Die Brille flog durch die Luft und schlug auf das Straßenpflaster. Sara vergaß, was sie sich vorgenommen hatte, und rannte auf ihn zu, quer über mehrere Plattenränder.

Aber es war schon zu spät, die Schachtel fiel mit einem dumpfen Knall auf das Pflaster. Und mit diesem Knall verschwand der köstliche Geschmack von butterweichen Keksen aus ihrem Mund.

Der Vater des Jungen hatte den Knall auch gehört und rannte herbei. Er sah die beiden Kinder auf dem Gehweg sitzen und betreten auf die Spielsachen blicken, die aus der Schachtel gefallen waren. Besorgt hockte er sich neben seinen Sohn.

«Victor, wie geht es dir? Ist dir schwindelig?»

Victor schüttelte den Kopf. Sara gab ihm seine Brille zurück, und er sah sie aufmerksam an, ohne zu merken, dass sie verlegen wurde.

Sie schaute auf den Boden. Vor ihr auf dem Pflaster lagen wunderschöne kleine Figuren. So schöne hatte sie noch nie gesehen. Vorsichtig hob sie eine auf und sah sie sich genauer an. Es war eine Frau mit lockigen Haaren und einem Krönchen. Sie trug ein langes, weißes Kleid mit goldenen Biesen. Eine Königin!, dachte Sara.

Victor sammelte die Figuren ein und fing an, sie zu zählen. Jetzt sah Sara, dass auch ein Pferd dabei war und ein Turm und Soldaten, die alle genauso hübsch waren. Noch einmal schaute sie sich die Königin an. Noch nie hatte sie ein solch hübsches und liebes Gesicht gesehen. Oder doch? Ja, so sah ihre Mutter auf dem Foto mit dem unbekannten Mann aus.

Und dann geschah etwas Seltsames, etwas ganz Seltsames. Die Königin wurde lebendig und lächelte ihr zu.

Sara traute ihren Augen nicht. Sie zwinkerte ein paar Mal, aber noch immer sah sie es: Die Königin reckte sich und blinzelte ihr zu. Sara wurde warm ums Herz vor Freude.

Victors Vater kam wieder aus dem Laden, und Sara erschrak. Sie hatte völlig vergessen, dass sie draußen auf dem Pflaster saß.

«Willst du hier anfangen, Schach zu spielen?», fragte er.

«Nein, aber ich muss doch nachschauen, ob alle da sind.» Victor stellte die Figuren auf ein quadratisches Holzbrett mit weißen und schwarzen Feldern.

Sara schaute zu. Schach spielen?

«Der weiße König fehlt», sagte Victor. Es waren die ersten Worte, die er an Sara richtete, aber er sprach mit ihr, als hätten sie den ganzen Nachmittag zusammen gespielt.

Sara sah sich suchend um und entdeckte etwas Weißes unter dem Auto. Es war der weiße König, ein großer, kräftiger Mann mit einem kurzen Bärtchen und einem langen Mantel mit roten Streifen und schwarzen Punkten. Auch er trug eine Krone auf dem Kopf. Der König sah bei weitem nicht so fröhlich aus wie seine Frau, fand sie.

Als ob Victor ihre Gedanken gelesen hätte, sagte er: «Der König sieht so böse aus, weil er sich langweilt.»

Sara lächelte und stellte den König zu den anderen.

«Wollen wir spielen?», fragte Victor den König, als wäre es ganz normal, eine Figur so etwas zu fragen. Plötzlich schaute er auf. «Kannst du Schach spielen?», fragte er Sara.

Ich? Schach spielen? Nein, ich kann nicht Schach spielen. Ich kann nichts, dachte sie verzweifelt. Sie schüttelte den Kopf.

«Schade», sagte Victor enttäuscht. «Es ist ein tolles Spiel, das kannst du mir glauben!»

Sara stand auf. Sie wollte nach Hause. Victor wusste ja nicht, dass sie in der Schule immer nur schlechte Noten bekam.

An der Straßenecke drehte sie sich noch einmal um und sah, wie Victor die Schachfiguren in ein Samtetui legte. Sein Vater stand in der Ladentür und schaute ihr nach. Sara drehte sich rasch um und lief davon, um die Ecke und dann den Deich hinauf.

Sie rannte, bis sie zu Hause war.

2

Das große, gelb getünchte Haus, in dem Sara mit ihrer Mutter und ihrem Großvater wohnte, hatte früher als Einziges am Deich gestanden. Später waren dann auf beiden Seiten einige Häuser dazugekommen. Hinter dem Haus war ein kleiner Spielplatz mit einer Schaukel, die aber so schrecklich quietschte, dass Sara sich fast nie draufsetzte.

Ihr Großvater arbeitete jeden Morgen in dem großen Garten, außer wenn es eiskalt war oder stark regnete. Dann arbeitet die Natur für mich, sagte er. Im Garten blühten viele Rosen, weil er die am meisten liebte, knallrote und milchweiße Rosen. Auch ein Apfelbaum stand dort, der grässlich saure Äpfel trug. Einmal hatte Saras Mutter einen Apfelkuchen mit den Äpfeln gebacken, aber der schmeckte so widerlich, dass sogar der Großvater nach einigen Bissen streikte, obwohl er sonst alles aß, weil er wusste, was es hieß, hungern zu müssen.

Im Haus war es still, man hörte nur das Ticken der großen Wanduhr. Die breiten, hölzernen Treppenstufen knarrten, wenn man darauf trat, aber das war noch nichts gegen das Krachen der Dielen auf dem oberen Flur.

Auf halbem Wege blieb Sara auf der Treppe stehen und betrachtete die lebensgroßen, dunklen afrikanischen Statuen, die ihr Großvater oben am Geländer aufgestellt hatte. Oft versteckte sie sich vor den stieren Augen der Figuren, aber heute achtete sie nicht darauf. Sie dachte an die Schachkönigin.

Schach spielen ... Wenn das ein Spiel war, vielleicht war es dann nicht so schwer, und sogar sie könnte es lernen. Das Gänschenspiel und Mensch-ärgere-dich-nicht hatte sie schließlich auch gelernt.

Auf Zehenspitzen schlich Sara zu der Rumpelkammer, damit ihr

Großvater, der unten in seinem Zimmer an dem Stammbaum arbeitete, sie nicht hörte. Er achtete zwar sowieso nicht auf sie, aber sie machte sich öfters einen Sport daraus, leise zu gehen.

Sie durchstöberte die ganze Rumpelkammer, den Schrank, die Schachteln, alte Koffer und Blechdosen. Es lagen viele Spiele dort, manche waren kaputt oder nicht mehr vollständig, aber ein Schachspiel war nicht dabei.

Sie hörte ihren Großvater in der Küche und ging nach unten.

«Opa, haben wir ein Schachspiel?», fragte sie.

Erstaunt blickte ihr Großvater auf. «Ein Schachspiel?»

Sara nickte.

Großvater setzte sich an den Tisch und öffnete erwartungsvoll die Keksdose. Sie war bis zum Rand gefüllt ... mit trockenen, harten Keksen. Enttäuscht nahm er einen. Er grübelte über das Schachspiel nach und sah Sara mit gerunzelter Stirn an, wie immer, wenn er meinte, dass sie etwas Schwieriges gefragt hatte.

«Ich weiß es nicht, Sara. Deine Mutter mag das Spiel nicht mehr. Früher konnte sie sehr gut Schach spielen, aber das war plötzlich vorbei. Sie wollte kein Schachbrett mehr sehen.»

Ihre Mutter, die spielte? Sara hatte noch nie gesehen, dass ihre Mutter spielte. Großvater schenkte den Tee ein, und Sara nahm einen Keks. Sie hoffte, dass er noch mehr erzählen würde.

«Ist in der Dachkammer kein Schachspiel?», fragte er schließlich.

Sara schüttelte den Kopf; sie hatte ja gerade nachgeschaut. Die Falten auf Großvaters Stirn wurden noch tiefer, aber er sagte nichts.

«Warum möchte Mama nicht mehr Schach spielen, Opa?»

Plötzlich lächelte er. «Na ja, die Frauen, nicht wahr? Manchmal sind sie seltsame Wesen.»

Diese Antwort gefiel Sara gar nicht. Sie wollte wissen, warum ihre Mutter nicht mehr Schach spielte. «Ich bin auch eine Frau, Opa», sagte sie empört.

Aber ihr Großvater verstand sie nicht. Er zwickte sie in die Nase. «Das weiß ich. Und wenn ich später groß bin, heirate ich dich.»

Er stand auf, schnappte sich noch einen Keks und verließ die Küche.

Saras Großvater zog sich in sein Arbeitszimmer zurück. Er liebte seine Enkelin sehr und hielt sie für gescheit, ungeheuer gescheit, denn es entging ihr nichts, und sie hatte viel Phantasie. Aber sie konnte auch lästige Fragen stellen und gab sich nicht leicht mit einer Antwort zufrieden. Er merkte wohl, dass sie mehr über ihren Vater wissen wollte, aber er wusste ja selbst nichts. Einige Male hatte er Susan, Saras Mutter, vorsichtig danach gefragt, aber sie hatte geantwortet, dass ihn das nichts angehe.

Er war froh, dass sie bei ihm wohnte, und wollte sie nicht vergraulen, deshalb sagte er lieber nichts. Aber die Frage, weshalb niemand wissen durfte, wer Saras Vater war, beschäftigte ihn mehr, als er zeigen wollte.

Sara fing an, die Königin zu zeichnen. Das sollte die schönste Zeichnung werden, die sie jemals gemacht hatte, und sie nahm sich vor, sie ihrer Mutter zu schenken. Eben wollte sie die kleine Krone zeichnen, als ihr einfiel, dass sie eine solche Krone schon mal gesehen hatte, auch auf einem Brett mit schwarzen und weißen Feldern …

Sie rannte die Treppe hinauf, ging in das Zimmer ihrer Mutter, fischte den Schlüssel aus einer Vase auf dem Schrank, schloss die Überseekiste auf und holte den knisternden Briefumschlag mit dem Foto heraus. Das Brett auf dem Foto sah ganz anders aus als Victors Brett, aber nur, weil es viel größer war und wie eine Schultafel hinter ihrer Mutter und dem Mann aufgebaut stand. Sara erkannte das Pferd wieder und den Turm und das Krönchen der Königin. Jetzt wusste sie: Ihre Mutter und der unbekannte Mann standen vor einem Schachbrett.

An diesem Abend kam Saras Mutter müde nach Hause. Sara zeigte ihr die Zeichnung mit der Schachkönigin, aber die Mutter warf nur einen flüchtigen Blick darauf und sagte, Sara solle das Bild Großvater schenken, der werde sich bestimmt darüber freuen.

Sara hoffte, dass es nicht stimmte, was der Großvater ihr erzählt hatte, und sagte zögernd: «Mam, ich habe heute ein wunderschönes Schachspiel gesehen.»

«O ja?», sagte die Mutter kurz und drehte sich zur Spüle um. «Du weißt, dass ich heute Abend nicht zu Hause bin, Sara?»

Sara war enttäuscht. Sie wollte erzählen, wie schön sie das Schachspiel gefunden hatte.

«Wo gehst du denn hin?», fragte sie mürrisch.

«Ich habe doch Gesangsunterricht, wie jeden Mittwoch.» Ihre Mutter räumte die Einkäufe in den Schrank. Als sie sah, dass Sara bedrückt auf die Zeichnung starrte, legte sie einen Arm um ihre Schulter und gab ihr einen Kuss, aber Sara wich ihr aus.

«Komm, kannst du noch das Lied, das ich dir beigebracht habe?»

Sara nickte. Sie sangen es oft zusammen. Sara fand, dass ihre Mutter sehr gut singen konnte.

Die Mutter fing an und tanzte nach dem Takt durch die Küche. Sara sang mit und klatschte in die Hände.

An den Brief des Lehrers dachte sie schon lange nicht mehr. Sie hatte auch nicht gemerkt, dass er ihr aus der Jackentasche gefallen war. Aber ihr Großvater, der durch den Flur ging, um die Zeitung zu holen, entdeckte ihn sofort.

Großvater kam mit dem Brief in die Küche. Sara erkannte den Umschlag gleich und schwieg, auch ihre Mutter hörte auf zu singen. Sie wischte sich die Hände am Küchentuch ab und nahm den Brief. Es dauerte eine Ewigkeit, bis sie ihn geöffnet hatte. Aber dann war klar, dass ihr ganz und gar nicht gefiel, was sie las.

Sara rannte aus der Küche, stürmte die Treppe hinauf und wäre am liebsten noch weiter gelaufen, aber sie kam nur bis in ihr Zimmer. Sie ließ sich aufs Bett fallen und kroch unter die Decke.

Sie hörte, wie jemand die Treppe heraufstieg und ins Zimmer kam.

«Warum hast du mir nicht erzählt, dass du Probleme in der Schule hast?», fragte ihre Mutter und setzte sich auf den Rand des Bettes.

Sara verkroch sich noch tiefer.

«Was ist mit dir los?» Jetzt klang die Stimme ihrer Mutter ärgerlich.

Sara antwortete nicht. Sie wollte alles wissen von dem Schachspiel und von dem Mann auf dem Foto. War das ihr Vater, und wollte die Mutter deshalb nicht mehr Schach spielen? Aber sie wagte nicht zu fragen. Ihre Mutter war sowieso schon böse. Schließlich erzählte sie, immer noch unter der Decke, dass Mariette nicht glaubte, dass ihr Vater in Südafrika wohnte.

«Das ist ihre Sache», antwortete ihre Mutter spitz.

Sara kroch hervor.

«Stimmt es denn?»

«Natürlich stimmt es! Hör zu, Sara, es gibt viele Kinder, die nur eine Mutter haben. Und du hast dazu noch einen Großvater.»

«Aber mein Papa ist doch nicht tot?»

«Nein, aber du bist noch zu jung, um alles zu wissen.» Sie sah Saras unglückliches Gesicht. «Ich verspreche dir, dass ich dir alles erzählen werde, nur jetzt noch nicht.»

«Wann denn?» Sara schöpfte neue Hoffnung: vielleicht schon nächste Woche?

«Wenn du älter bist», sagte ihre Mutter entschlossen.

«Wenn ich neun bin?»

Aber die Mutter hörte nicht mehr zu. Sie faltete den Brief des Lehrers wieder auseinander. «Mal sehen. Du musst Erdkunde nachholen und Rechnen.»

Sara wollte nicht über Schularbeiten reden. Sie schaute auf das bunte Armband am Handgelenk ihrer Mutter. Es stammte aus Südafrika, hatte Opa gesagt.

«Hast du das Armband von ihm bekommen?», fragte sie vorsichtig.

Ihre Mutter steckte den Brief weg und stand auf. «Sara, hör auf, bitte!»

«Du trägst es doch immer, nicht?»

Sara wusste, dass die Mutter das Armbändchen oft betrachtete und damit spielte. Einmal hatte sie es abgelegt, als sie die Küche frisch gestrichen hatte. Als sie es dann wieder anlegen wollte, war es verschwunden. Alle Küchenmöbel waren vom Platz gerückt worden, sogar Großvater, der sich sonst um nichts kümmerte, hatte beim Suchen geholfen. Schließlich hatte Sara es unter dem

Kühlschrank gefunden. Ihre Mutter hatte sie umarmt und immer wieder gesagt, wie tüchtig sie sei, schrecklich tüchtig, und dann hatte sie den ganzen Abend immer wieder nachgefühlt, ob das Armbändchen noch an ihrem Handgelenk war.

«Ja, ich trage es immer», sagte die Mutter und fasste Sara an der Hand.

«Erzähl doch noch mal von damals. Als du es verloren hattest», bat Sara, obwohl sie genau wusste, dass das Gespräch vorbei war.

«Ein anderes Mal.» Ihre Mutter zog sie hoch. «Komm, wir essen jetzt. Weißt du was? Ich gehe heute Abend nicht in den Gesangsunterricht. Ich helfe dir bei den Hausaufgaben. Dann bleibst du nicht sitzen. Du willst doch nicht dumm bleiben?»

«O doch!», sagte Sara. Alles war besser als lernen müssen.

Zum Glück schlief ihre Mutter ein, als sie sich hingelegt hatte, um Saras Rechenaufgaben nachzusehen. Sara saß am Tisch und sollte eigentlich Erdkunde lernen, stattdessen fing sie an, ein Schachbrett zu zeichnen, ein schönes großes Schachbrett mit sauber quadratisch gezogenen schwarzen und weißen Feldern.

3

Am nächsten Tag zeichnete Sara in der Schule das Schachbrett fertig. Sie malte das Schwarz noch schwärzer, die Linien noch klarer, und sie radierte aus den weißen Feldern alles weg, was nicht hineingehörte.

Der Lehrer hatte schnell gemerkt, dass Sara ihre Hausaufgaben nicht gemacht hatte. Die Provinz Groningen war für sie immer noch ein Rätsel. Vielleicht hat sie Rechnen geübt, dachte er und fragte: «Sara, wie viel ist sieben mal neun?»

Sara zuckte zusammen. Zum Glück öffnete sich in diesem Augenblick die Tür des Klassenzimmers, und der Schulleiter trat mit einem neuen Jungen ein. Sie erkannte den Jungen sofort, schon weil er dieselbe Mütze trug. Das war der Junge, den sie gestern bei dem Spielwarenladen gesehen hatte. Es war der Junge mit dem Schachspiel.

«So, Kinder, dies ist Victor. Er kommt zu euch in die Klasse», sagte der Schulleiter. Er wechselte einen Blick mit dem Lehrer und verließ den Raum wieder.

Der Lehrer legte eine Hand auf Victors Schulter und sagte: «Guten Tag, Victor, schön, dass du zu uns kommst. Such dir nur schnell einen Platz, wir rechnen gerade.»

Victor schaute sich in der Klasse um und entdeckte Sara. Vergnügt ging er auf sie zu und setzte sich auf den Stuhl neben sie. Sara wagte nicht, ihn anzusehen, so froh war sie.

Der Lehrer klatschte in die Hände. «Also, Sara, glaub nicht, dass du schon fertig bist. Sag mir, wie viel ist sieben mal neun?»

Sara wusste es nicht, wirklich nicht. Sie duckte sich noch tiefer und starrte in ihr Rechenbuch. Nie mehr wollte sie aufblicken, nie mehr. Sie hörte, wie der Lehrer näher kam. «Nun, ich warte. Diese Aufgaben habe ich euch gestern noch erklärt.»

Sara wagte auch nicht, die Antwort zu raten, was sie sonst manchmal versuchte. Aus den Augenwinkeln sah sie, dass Mariette sich meldete. So ein Glück! Aber der Lehrer blieb neben ihrem Tisch stehen. Die Zahlen im Buch tanzten vor ihren Augen.

Endlich nickte der Lehrer Mariette zu.

«Dreiundsechzig», sagte Mariette mit ihrer klaren Stimme. Mariette wusste immer alles. Mariette war die Beste in der Klasse. Und sie? Sie war strohdumm, die Dümmste in der Klasse. Das würde auch Victor jetzt begriffen haben.

Der Lehrer schrieb etwas an die Tafel. Saras Blick wanderte hinaus zu den Vögeln auf dem Schulhof. Sie sah Bertje, den kleinsten Spatz, der überall hinterher hüpfte und immer zu spät kam, wenn es etwas Leckeres zu picken gab. Er flatterte ans Fenster und setzte sich zu ihr auf die Fensterbank.

«Macht jetzt die zehnte bis fünfzehnte Aufgabe», sagte der Lehrer und kam an ihren Tisch. «Du kannst diesmal bei Sara hineinschauen, Victor.» Der Lehrer schob das Rechenbuch in die Mitte des Tisches. Victor öffnete sein Heft, nahm den Füller aus dem Mäppchen, warf einen Blick in das Rechenbuch und begann ohne zu zögern, die Antworten der Reihe nach aufzuschreiben.

Sara versuchte es gar nicht erst. Sie zeichnete weiter, aber sie merkte, dass Victor aufgehört hatte zu schreiben und sie ansah. Nein, sie konnte nicht rechnen. Na und? Sie drückte den Bleistift tiefer in das Papier. Jetzt verdarb sie auch noch die schöne Zeichnung vom Schachbrett. Als sie wieder aufblickte, sah sie, dass Victors Augen noch immer auf sie gerichtet waren. Plötzlich schob er ihr sein Heft hin. Sie konnte die Antworten, die er säuberlich untereinander aufgeschrieben hatte, gut lesen. Erstaunt sah sie ihn an. Er sah gar nicht aus, als ob er sie strohdumm fände, sondern als hoffte er, dass sie lesen konnte, was er aufgeschrieben hatte.

Jetzt zögerte Sara nicht länger. Nach einem schnellen Blick auf den Lehrer, der zum Glück in die andere Richtung schaute, schrieb sie rasch und sauber die Ergebnisse von Victor ab. Nachher wollte sie die Zeichnung von dem Schachbrett aus dem Heft herausreißen, dann sah ihre Arbeit genau so aus wie die Hefte der anderen Kinder. Sie merkte nicht, dass der Lehrer sich umgedreht und alles gesehen hatte.

Bald darauf waren alle mit den Aufgaben fertig, und der Lehrer ließ sie die Ergebnisse vorlesen.

Sara kam auch an die Reihe. Zum ersten Mal in ihrem Leben wusste sie die richtige Antwort. Sie fand das selbst so komisch, dass sie nur ganz leise sprach.

«Was sagst du, Sara? Ich kann dich nicht verstehen.»

«Zweiunddreißig», wiederholte sie etwas selbstsicherer.

Der Lehrer nickte: «Gut, sehr gut, Sara.»

Die anderen drehten sich erstaunt um. Meinte er etwa Sara?

Der Lehrer wandte sich jetzt an Victor. «Mir scheint es besser, wenn du dich dort hinsetzt», sagte er plötzlich und zeigte auf einen Tisch vorne in der Klasse.

Victor verstand rein gar nichts. «Aber ich möchte doch neben Sara sitzen!»

Die Kinder fingen an zu kichern.

«Und ich möchte, dass du dich dorthin setzt», sagte der Lehrer bestimmt. Er wollte Sara keine Strafarbeit geben, aber wenn Victor weiterhin neben ihr säße, würde sie vielleicht überhaupt nichts mehr tun.

Victor fand es sonderbar.

«Victor ist in Sara verknallt, Victor ist in Sara verknallt!», tuschelten die Kinder, als er langsam zu dem anderen Tisch ging.

Zum Glück ließ der Lehrer Sara den Rest der Stunde in Ruhe, und sie konnte ungestört die Vögel auf dem Schulhof beobachten. Aber sie fand es nicht so lustig wie sonst.

Sara holte ihre Jacke von der Garderobe. Sie wollte gerade hinausrennen, als der Lehrer sie zurückrief.

«Hast du deiner Mutter den Brief gegeben, Sara?»

Sie nickte.

«Und warum hattest du die Aufgaben trotzdem wieder nicht gemacht?»

«Meine Mutter ist eingeschlafen», antwortete sie.

«Ach so. Na, weißt du, was? Sag deiner Mutter, dass ich dir

selbst Nachhilfeunterricht geben will, wenn sie keine Zeit dazu hat.»

Nachhilfe beim Lehrer! Noch länger in der Klasse sitzen, noch mehr Fragen beantworten. Wenn sie Nachhilfe vom Lehrer bekäme, würde sie davonlaufen und nie wiederkommen!

Sara nickte und wusste gleich, dass sie es ihrer Mutter nie ausrichten würde. Sie drehte sich um.

Weiter vorne im Flur stand Victor, er hatte seine Jacke schon angezogen. Ob er auf sie wartete? Bestimmt nicht.

Sara ging ohne aufzuschauen an ihm vorbei. Aber er kam hinter ihr her und blieb dann neben ihr. Sara freute sich.

Zusammen gingen sie durch das Dorf, und Sara zeigte Victor, wo man das beste Brot kaufen konnte, wo die Entenmutter mit ihren Küken die Straße überquerte, wo sie mal die Birne in einer Straßenlaterne kaputt geschmissen hatte und wie man quer durch die Hausgärten zur Schule rennen konnte, wenn man zu spät dran war. Victor, der meistens etwas blass aussah, bekam rote Backen vor Aufregung.

Sie gingen in den Friseurladen, und Sara fragte ihre Mutter, ob sie bei Victor spielen durfte.

«Ja, geh nur mit, aber komm pünktlich nach Hause. Du musst noch Hausaufgaben machen.»

Bäh, Hausaufgaben, dachte Sara.

Die meisten Umzugskisten waren ausgepackt, und der Laden von Victors Vater war voll gestellt mit Spielsachen. Alles stand kreuz und quer, nur das Schaufenster war schon fertig gestaltet. Sara sah das schöne Schachspiel im Schaufenster stehen. Daneben lag ein Preisschild, auf dem 75,00 hfl stand. Sara verstand nichts von Geld, aber sie fand, fünfundsiebzig Gulden waren nicht viel.

Victor sah das Schachspiel auch, aber er dachte wohl an andere Sachen. Er hatte Sara gerade erzählt, dass seine Mutter gestorben war, als er noch ein Baby war. Er wusste gar nicht, wie sie in Wirklichkeit ausgesehen hatte, er kannte sie nur von Bildern.

«Ich kenne meinen Vater auch nur von einem Foto», wollte Sara sagen, aber sie unterließ es, denn ihr Vater war nicht tot, und sie wusste außerdem nicht, ob der Mann neben ihrer Mutter auf dem Foto wirklich ihr Vater war.

Victor hatte plötzlich eine blendende Idee. «Soll ich dir bei den Aufgaben helfen?»

Jetzt? Das war wohl das Letzte, wozu Sara Lust hatte. «Nein, ich kann es ja doch nicht.»

«Natürlich kannst du.» Er wollte es ihr so gerne zeigen.

«Ich habe aber keine Lust», sagte Sara ehrlich.

Aber Victor meinte, dass Rechnen ihm Spaß mache.

Wie kann Rechnen denn bloß Spaß machen?, fragte sich Sara.

Aber Victor ließ nicht locker. «Es ist doch lustig, wenn du etwas ausrechnen kannst.»

«Was denn?» Sara begriff nicht, was daran so lustig sein sollte.

«Na, wie lang du schon lebst und wie lang du schon zur Schule gehst.»

Wer kam denn auf die Idee auszurechnen, wie lang man schon zur Schule ging! «Du musst doch immer zur Schule gehen», sagte sie lachend.

Aber Victor schüttelte energisch den Kopf. «Ich nicht, weißt du, ich bin nur selten zur Schule gegangen.»

Sara sah ihn forschend an. Wie konnte es sein, dass er nur selten in der Schule gewesen war? Er war doch so klug.

Er steckte die Hände in die Taschen. «Ich bin krank gewesen.»

Sara nickte verständnisvoll, wagte aber nicht zu fragen, was er denn gehabt hatte.

Da erschien Victors Vater in der Tür und fragte, ob sie Tee trinken wollten.

4

Victors Vater schenkte Sara einen großen Becher Tee ein, und sie durfte so viele Kekse essen, wie sie wollte. Als sie den ersten Becher ausgetrunken hatte, bekam sie gleich noch mal Tee, und sie nahm sich auch noch einen Keks.

Victor klagte über Kopfweh, und sein Vater gab ihm eine kleine rosa Tablette. Sara sah, wie er sie geübt herunterschluckte. Sie konnte sich nicht entsinnen, je eine Tablette bekommen zu haben, aber sie war ja auch nicht schwer krank gewesen.

Jetzt setzte Victors Vater sich zu ihnen. Er trug dieselben Kleider wie gestern und meinte, die seien so bequem, warum sollte er denn dann andere anziehen. Ein bisschen schmutzig sei doch nicht schlimm, wenn sie nur nicht müffelten. Er fragte, ob denn der Lehrer nett sei und ob Victor einen guten Platz in der Klasse bekommen habe und ob er alles verstehen könne. Victor erzählte, dass er neben Sara hatte sitzen wollen, aber der Lehrer es nicht erlaubt hatte.

«Durftest du nicht neben Sara sitzen? Warum denn das nicht?»

«Das wissen wir nicht», antworteten die Kinder wie aus einem Mund.

«Und der Lehrer wollte es auch nicht erklären?»

Die Kinder schüttelten den Kopf.

«Na, was ist denn das für ein Blödsinn?» Victors Vater schien das alles sehr seltsam zu finden.

Es gefiel Sara, dass Victors Vater den Lehrer nicht verstand. Sonst verstanden immer alle den Lehrer, sogar ihre Mutter, nur sie selbst nicht. Mit einem Mal fühlte sie sich nicht mehr so allein.

Victor wollte Sara so gerne bei den Hausaufgaben helfen, und schließlich gab sie nach und holte ihr Rechenbuch aus der Schultasche. Während sein Vater weiter im Laden aufräumte, fing Victor an, ihr eine Aufgabe zu erklären. «Hörst du mir zu?»

«Ja ... Ja.» Aber sie hörte gar nicht zu. In dem Laden gab es so viel zu bestaunen! Dort standen seltsame Autos und verrostete Eisenbahnen, und manchen Tieren fehlte ein Ohr oder ein Auge. Trotzdem fand Sara die Tiere schön.

«Zweimal dreizehn ist ...»

Sara sah Victor an, und der wurde jetzt ungeduldig.

«Sechsundzwanzig. Sechsundzwanzig minus fünf ist ...»

Sie hatte gar keine Lust. «Ich frage meine Mutter, ob sie mir hilft», sagte sie.

«Aber du weißt es doch, oder?»

«Nein, ich weiß es nicht!» Sara wurde böse. Jetzt glaubte Victor auch schon, dass sie nur so tat, als wüsste sie es nicht. Sie schlug das Rechenbuch zu.

Victor erschrak, er wollte ihr doch helfen.

Sein Vater drehte sich um. «Ihr könntet doch etwas tun, was Sara gefällt?»

«Aber Sara will ja gar nichts», sagte Victor bekümmert.

«Auch nicht Fahrrad fahren oder zeichnen oder ein Spiel spielen?»

Sara wollte ihre Jacke schon anziehen, aber jetzt blieb sie stehen. Ja, sie wollte gerne spielen, vor allem ...

Aber nein, das durfte sie bestimmt nicht.

Victor sah seinen Vater an. «Aber du begreifst es nicht. Sie ist schlecht in der Schule, und vielleicht wird sie nicht versetzt!»

Nun sah auch Sara Victors Vater an. Nein, natürlich wusste er das nicht. Sie selbst wusste es genau, aber sie wollte trotzdem nicht rechnen.

«Und glaubst du, dass du ihr hilfst, wenn du ihr etwas beibringen willst, was sie nicht mag? Ich habe dir doch nie etwas beigebracht, was du nicht gerne getan hast.»

«Ich rechne gerne», sagte Victor betreten.

«Das war auch nicht von Anfang an so.»

Victor dachte nach, und dann erinnerte er sich, wie sein Vater ihm das Rechnen beigebracht hatte. «Soll ich dir zeigen, wie mein Vater am Anfang mit mir gerechnet hat?»

Nein ... Dazu hatte Sara nun wirklich keine Lust. Sie zog ihre Jacke an.

Victor warf seinem Vater einen Blick zu, der zu sagen schien: Siehst du wohl? Aber der Vater schlug vor: «Weißt du was, Sara, du darfst selbst sagen, was du lernen möchtest. Du darfst dir alles wünschen.»

Wirklich alles? Sara hielt den Atem an und drehte sich zum Schaufenster um. Die Sonne schien herein, und das Schachspiel glänzte so schön wie noch nie.

«Möchtest du Schach spielen?», fragte Victors Vater überrascht.

Sara nickte zögernd. «Aber das ist viel zu schwer, oder?»

Victors Vater lachte. «O nein, das ist gar nicht schwer. Du wirst es bestimmt lustig finden.»

«Paps, darf ich das schöne Spiel holen?» Victor strahlte. Endlich mal jemand, mit dem er Schach spielen konnte außer mit seinem Vater.

Im Nu hatte Sara ihre Jacke wieder ausgezogen. Gleich darauf hielt sie das Schachbrett in ihren Händen. Mit Victor zusammen trug sie es ganz behutsam zum Tisch. Die Königin schaukelte sanft hin und her, und Sara sah auch jetzt wieder, wie sie lächelte!

Victor holte das Buch «Lang lebe die Königin». Es war ein schönes Buch mit lustigen Bildern, und darin wurde die Geschichte von der weißen Königin erzählt.

Sara sah, dass die Königin sich streckte und sie freundlich anblickte.

Victor begann vorzulesen. Er gab sich große Mühe, es spannend zu machen.

Es waren einmal ein König und eine Königin, die lebten in einem großen Schloss auf einem hohen Berg, weit weg von hier. Sie waren eigentlich immer glücklich gewesen, bis der König eines Tages anfing, sich zu langweilen, schrecklich zu langweilen. Er saß auf seinem Himmelbett und trug einen glänzenden Morgenrock und bunte Hausschuhe. Der Bommel an seiner Schlafmütze baumelte munter um seinen Kopf, während er missmutig in einem Buch blätterte. Dann warf er das Buch fort und sah sich um, ob er nicht etwas anderes anfangen könnte.

Victor schaute auf, um zu sehen, ob Sara auch zuhörte. Und wirklich hörte sie zu, sehr gut sogar. So gut hörte sie sonst nicht einmal zu, wenn ihr Großvater ihr eine spannende Geschichte vorlas.

Plötzlich meinte der König etwas zu hören. Jawohl, er hörte Schritte. Schnell löschte er das Licht und kroch unter die Decken. Die Schritte kamen immer näher. Er hörte es schon: da kam seine Frau, die Königin. Er kroch noch tiefer unter die Decken. Er wollte ihr zeigen, wie unglücklich er war. Zwischen den Leintüchern hindurch spähte er nach der Tür.

Die Königin betrat das Zimmer. Sie sah freundlich aus, wie immer, und leise ging sie zum Fenster. Als sie die Läden öffnete, flutete das warme Sonnenlicht ins Zimmer. Sofort sah alles viel fröhlicher aus.

«Ist es nicht ein schöner Tag, ein ganz herrlicher Tag?», sagte sie, und das Licht funkelte in ihren grünen Augen. Tief atmete sie die frische Luft ein.

Der König wurde böse. Sah sie denn nicht, wie erbärmlich es ihm ging? Laut sagte er: «Es ist ja immer soo wunderschön!»

Aber die Königin überhörte sein mürrisches Gebrumme. Sie schaute hinab in das Tal, wo die Menschen am Ufer des glänzenden Flusses saßen und angelten.
«Wollen wir heute einen schönen Spaziergang machen?», fragte sie.
«Ich will nicht spazieren gehen, ich habe schon alles gesehen.»
«Alles?»
«Ja, alles. Was ist denn das für ein König, der den ganzen Tag spazieren geht. Nirgends ist Krieg, nirgends herrscht Hungersnot. Alle sind glücklich, außer mir!»
Die Königin sah ihn an und setzte sich dann auf den Rand des Bettes. Sie konnte nichts dafür, sie musste immer ein bisschen lachen, wenn ihr Mann sich so anstellte.
Der König machte ein noch kläglicheres Gesicht. «Du verstehst mich nicht. Ich langweile mich!»

«Mein armer Schatz.»
«Wenn ich einen Krieg führen könnte …», schmollte er und sah seine Frau dabei erwartungsvoll an.
«Krieg!» Die Königin lachte nicht mehr, es lief ihr kalt den königlichen Rücken hinunter.
«Ja. Ich verstehe nicht, was du gegen einen Krieg hast. Länder erobern und …»
Der König hielt inne, denn jetzt sah die Königin sehr unglücklich aus. Wieder verschwand er wie ein verwöhntes Kind unter den Decken. «Ich langweile mich so, ganz furchtbar schrecklich sehr …»
Die Königin begriff, dass er es ernst meinte. Und sie wusste auch, wenn jetzt nicht schnell etwas geschah, würde der König einen Krieg anfangen.

Auf dem großen Schlosshof saß die Hofdame und stickte. Die Hofdame war die beste Freundin der Königin, schon seit der Zeit, als die Königin noch eine kleine Prinzessin war. Seit damals erzählte die Königin ihr alles, und das tat sie auch jetzt.
Krieg! Die Hofdame erschrak so, dass sie sich in den Finger stach. Sie mochte den Krieg genauso wenig wie die Königin. Vor allem, weil der König meistens verlor und dann furchtbar zornig wurde. Und so viele verwundete Soldaten, und überall die zerschossenen Mauern … Konnten sie denn nicht einfach das Gänschenspiel oder Mensch-ärgere-dich-nicht spielen? Das war doch so geruhsam.
Aber die Königin schüttelte den Kopf. Sie hatte keine Lust mehr auf Mensch-ärgere-dich-nicht.
«Na, weißt du nicht mehr, wie zufrieden der König war mit dem Würfel, der immer nur Sechser würfelte?» Die Hofdame entsann sich, dass der König es nicht einmal gemerkt hatte.
Tief in Gedanken ging die Königin auf und ab. Plötzlich blieb sie stehen. Sie hatte sich offensichtlich etwas ausgedacht. Die Hofdame ließ ihren Stickrahmen sinken.
«Wie wäre es, wenn wir uns selbst ein Spiel ausdenken würden?», sagte die Königin. «Ein schönes und interessantes Spiel,

ein Spiel, das wir auch mögen und das nie langweilig wird. Ein Spiel speziell für den König.»

Die Hofdame konnte sich ein solches Spiel gar nicht vorstellen, aber die Königin schien ganz begeistert zu sein. Sie nickte ihr aufmunternd zu.

Sara freute sich. Sie wusste, welches Spiel die Königin meinte. «Schach!»

5

Während die Königin über die weißen und schwarzen Steinplatten des Schlosshofes hin und her ging und angestrengt nachdachte, stickte die Hofdame zufrieden und leise vor sich hin summend weiter. Ihre Königin dachte sich ein Spiel aus, ein spannendes Spiel, damit der König sich nie mehr langweilen musste. Dann hätte er gar keine Zeit mehr, Krieg zu führen.
Die Hofdame konnte sich nicht vorstellen, wie schwer es ist, sich ein Spiel auszudenken. Sonst hätte sie nicht so sorglos dagesessen und vor sich hin gesummt.

Ein Spiel für den König?, überlegte die Königin. Was würde er am liebsten tun? Ja, Krieg führen! Schon bei dem Wort lief es ihr wieder kalt über den Rücken.
Trotzdem brachte gerade dieser Gedanke sie auf eine neue Idee. Wie wäre es mit einem Kriegsspiel ... Dann könnte der König so viel Krieg führen, wie er wollte, ohne dass jemand verwundet würde. Das war gut. Also müsste ein König im Spiel sein!
Die Königin schaute sich um und sah den Lakaien, der am Tor Wache hielt.
Zwar sah der Lakai ihrem Mann gar nicht ähnlich – der war nämlich groß und kräftig und hatte ein kleines Bärtchen auf den runden Backen, während der Lakai dünn und lang war und hübsche Locken hatte, die bis auf seine Schultern herabfielen –, aber solange der König selbst nicht mitspielte (er durfte doch nicht wissen, dass sie sich ein Spiel ausdachte), konnte der Lakai seinen Platz einnehmen.
«Wärst du bitte so freundlich, hierher zu kommen?», fragte die Königin liebenswürdig.
Der Lakai schrak auf. Sprach die Königin mit ihm?
«Ich?»

«Ja, du. Kannst du mal den König spielen?»
Der Lakai traute seinen Ohren nicht. Er sollte den König spielen? Die Königin zeigte auf eine weiße Platte auf dem Schlosshof. «Stell dich bitte dahin.»
Der magere Lakai versuchte, den schweren Gang des Königs nachzuahmen. Das war gar nicht so einfach. Er stolzierte auf die Platte zu und stellte sich mitten drauf. «So, und was soll ich jetzt tun?»
«Vorläufig nichts», antwortete die Königin. Sie sah sich den Lakaien an, der kerzengerade auf der Platte stand. So, der wäre also der König. Aber eigentlich recht einsam, fand sie. Und dann fiel ihr plötzlich noch etwas ein, etwas Lustiges. Sie stellte sich neben den Lakaien, sah ihn schalkhaft an und sagte: «Weißt du was? Ich spiele auch mit!»
Der Lakai räusperte sich vernehmlich.
Erstaunt sah ihn die Königin an. War es ihm denn nicht recht?
«Verzeiht, aber Ihr steht auf der falschen Seite. Ihr solltet links vom König stehen», meinte der Lakai diskret.
«Ach so. Wie dumm von mir. Das hätte ich doch glatt vergessen», sagte die Königin munter und tauschte mit zierlichen Schritten die Plätze mit ihm. Es sah fast aus, als ob sie tanzten.

Jetzt wollte die Königin sich aber merken, wo sie zu stehen hatte, damit sie es nicht noch einmal falsch machte.
Sie schaute an sich herunter und sah, dass sie auf einer weißen Platte stand. Weiß! Das war einfach, denn es war die Farbe ihres Kleides. Sie betrachtete ihre Hände: Wenn der König auf der Seite ihrer Schreibhand, also rechts von ihr, stand und wenn sie auf der anderen Seite, also links, eine schwarze Platte sah, dann stand sie richtig.
Eigentlich war es ganz einfach!

Als sich herausstellte, dass die Königin bei dem Spiel mitmachte, ging alles sehr schnell. Denn nun wollte die Hofdame auch mitspielen, und weil sie das durfte, musste der Ratsherr des Königs ebenfalls dabei sein, sonst wäre es ja ungerecht gewesen. Der Ratsherr betrat gereizt den Schlosshof, er hatte doch keine Zeit zum Spielen!
«Ach, wärt Ihr wohl so freundlich, Euch neben den König zu stellen?», bat die Königin.
Welchen König?, fragte sich der Ratsherr missmutig. Am liebsten hätte er sofort kehrtgemacht, aber seine Königin schaute ihn freundlich an, und da konnte er es ihr nur schwer ausschlagen.
Der Lakai, dem die Hofdame eine Art Pappkrone aufgesetzt hatte, winkte heftig mit seinem Taschentuch. «Ich bin der König!», jubelte er ausgelassen quer über den Platz.
Der Ratsherr seufzte. Mit Verrückten soll man nicht streiten. Steif und aufrecht stellte er sich neben den Lakaien. «Das ist mir mal ein schönes Spiel!», sagte er etwas zu laut.
Die Hofdame schaute ihn giftig an. «Wir sind ja auch noch nicht fertig damit!»
Das kann man wohl sagen, dachte der Ratsherr, denn nun überlegte die Königin sich doch tatsächlich, ob sie nicht vielleicht die Pferde mitspielen lassen sollte!
Die Pferde! Diese schwerfälligen Biester, die nie mehr aufhörten zu reden, wenn sie einmal angefangen hatten, und alles zehnmal wiederholten! Nicht einmal anständig springen konn-

ten sie. Er hatte im vorigen Krieg nicht wenig Probleme mit den dämlichen Tieren gehabt. Der Ratsherr wurde ganz wild, als er daran dachte.

Aber die Königin meinte, die Pferde könnten schließlich nichts dafür, und außerdem seien sie doch so anhänglich. Also wurden Karl und Kees – so hießen sie – herbeigerufen.

Und tatsächlich: Als die beiden hörten, dass ein neues Spiel ausgedacht werden sollte, erkundigten sie sich mindestens zehnmal, ob sie sich auch nicht verhört hätten.

«Ein Spiel? Hören wir richtig? Ein Spiel? Und wir dürfen mitmachen?»

Es war zum Verrücktwerden, fand der Ratsherr. Übrigens hatte er wahrhaftig anderes zu tun, denn der König hatte ihn am Morgen zu sich gerufen. In feierlichem Tonfall hatte er ihm mitgeteilt, dass bald ein Krieg geführt werden müsste. Und da der Ratsherr dann die Aufgabe hatte zu entscheiden, wie, wann und vor allem gegen wen Krieg geführt werden sollte, hatte er es jetzt schrecklich eilig.

Gerade, als er fand, jetzt sei es aber genug, kamen seine zwei Türme in den Hof gerollt. In jedem Turm schien ein Soldat zu sitzen, denn genau gleichzeitig erschienen zwei Köpfe über den Zinnen.

«Ratsherr, habt Ihr einen Moment Zeit für uns?», baten sie höflich. Ihr unterwürfiger Ton gefiel dem Ratsherrn ganz besonders. Er hatte sie nämlich selbst erfunden, diese Türme auf Rädern. Mit der erforderlichen Lässigkeit sagte er: «Ich komme sofort!»

«Was ist das?», fragte die Königin neugierig.

«Eine kleine Erfindung von mir», sagte der Ratsherr stolz. «Ich dachte, es könnte praktisch sein, im nächsten Krieg Türme auf Rädern zu haben. Das eröffnet nämlich ungeahnte …»

Die Miene der Königin hellte sich auf. Noch bevor der Ratsherr sich über die ungeahnten Möglichkeiten verbreiten konnte, fiel sie ihm ins Wort.

«Sehr gut, Leute. Kommt nur her. Einer hier und einer da.» Sie wies den Türmen ihre Plätze zu, neben den Pferden, auf den Ecken der schwarz-weißen Fläche.

Dem Ratsherrn rutschte das Herz in die Hose. Wie sollte er ohne …? Er wollte etwas sagen, kam aber nicht dazu, denn zu seinem Entsetzen stürmten eben jetzt seine acht besten Soldaten herbei. Wenn die auch noch mitspielten, konnte er im nächsten Krieg niemanden mehr kämpfen lassen!
Die Soldaten stellten sich in einer Reihe vor die anderen hin.
«Und jetzt?» Der Ratsherr hoffte, dass das Spiel bald vorbei sei.
«Und jetzt wollen wir Krieg führen», sagte die Königin munter.
Krieg? Genau! Na ja, zum Glück war sie nicht ganz verrückt geworden. Der Ratsherr trat aus seiner Reihe. «Sehr gut, dann kann ich ja gehen!»
Aber die Königin hielt ihn zurück. «Nein, Ihr bleibt hier! Ihr müsst uns doch erklären, wie man Krieg führt!», sagte sie freundlich.
Der Ratsherr schaute sie misstrauisch an. War das ihr Ernst?
«Das wollt Ihr gar nicht wissen», sagte er.
«Doch, ich will es wissen.» Wieder blickte sie ihn unschuldig an.
«Gut. Zuerst braucht man einen Gegner.»
«Ach, natürlich. Wie konnte ich das vergessen! Wir werden das Königspaar aus dem Nachbarreich bitten», sagte sie eifrig.

«Den Nachbarkönig?» Diesen grässlichen König? Das konnte doch nicht wahr sein …

«Und seine Frau.» Die Königin freute sich sichtlich auf deren Kommen.

«Aber denen wollten der König und ich doch gerade den Krieg erklären …», stammelte der Ratsherr.

«Solch schlechtes Benehmen kommt gar nicht in Frage!», sagte die Königin entschlossen.

Da erhob der Ratsherr gegen seine sonstige Gewohnheit die Stimme.

«Ihr wisst, wie der König über sie denkt. Es sind schreckliche Leute, die glauben, das Leben sei spaßig.»

«Ach was!», antwortete die Königin herablassend. «Zufällig sind es nette Leute, die eben nicht die ganze Zeit an Krieg und ans Kämpfen denken.» Sie winkte ihre Hofdame herbei. «Bitte die Nachbarkönigin, so schnell wie möglich zu kommen», befahl sie ihr.

Der Ratsherr resignierte. Er hatte sein Möglichstes getan, und das würde er dem König auch berichten, wenn das Spiel vorgeführt wurde. Der König würde toben!

6

Mit wachsender Empörung beobachtete der Ratsherr die Ankunft des Königspaares aus dem Nachbarreich. Eigentlich sahen sie genauso aus wie sein König und seine Königin, nur trugen sie schwarze statt weiße Kleider. Aber sie tänzelten die Treppenstufen herab und brachen andauernd in schallendes Gelächter aus.
Trotzdem war dieses Tanzen und Lachen noch nicht das Schlimmste. Nein, das Allerallerschlimmste war, dass hinter ihnen zwei schwarze Türme angefahren kamen – auf Rädern! Und noch schlimmer: Sie schienen ihm schneller und geräuschloser zu fahren als seine eigenen Türme. Nicht zu fassen, dass diese Leute so viel Unsinn trieben und dazu noch gute Ideen hatten ...
«Seht Ihr, Ratsherr, die haben auch so eine kleine Erfindung!», flüsterte die Königin ihm zu. Auch sie hatte es schon gesehen. Welche Schmach! Am liebsten wäre der Ratsherr im Erdboden versunken.

Der schwarze Hofstaat stellte sich an der anderen Seite des Schlosshofes auf. Alle lachten und kicherten und schoben sich gegenseitig auf die Plätze. Plötzlich fing die schwarze Königin an, heftig zu winken. «Entweder sie muss mal, oder sie will etwas sagen», überlegte der Ratsherr.
«Ach, wäre es vielleicht möglich, ich bin es nämlich so gewöhnt, und wenn es dann plötzlich anders ist ...», stotterte sie, und unter zahllosen Entschuldigungen bat sie darum, auf der anderen Seite ihres Gatten stehen zu dürfen. Dort stehe sie immer, behauptete sie.
«Na ja, wenn du es gewöhnt bist, solltest du es nicht plötzlich ändern», meinte auch die weiße Königin. «Weißt du was?

Wenn du auf die andere Seite deines Mannes hinüberwechselst, dann stehen wir beide uns gegenüber, und außerdem stehst du dann mit deinem schwarzen Kleid auf einer schwarzen Platte.» Die zwei Damen lachten hell auf und schienen sich vortrefflich zu verstehen.
Der Ratsherr konnte nur den Kopf schütteln. So etwas Albernes!

Schließlich standen sich das weiße und das schwarze Königreich als Heere gegenüber.* Aber es war dem Ratsherrn immer noch rätselhaft, was hier gespielt wurde.
«Ist es nicht üblich, dass man im Krieg den König des Gegners gefangen nimmt?», fragte die weiße Königin voller Wissbegier.
Der Ratsherr nickte. «Ja, so könnte man sagen.»
Ha, dies war also ein Kriegsspiel! Er schöpfte neue Hoffnung und lachte sich ins Fäustchen bei der Aussicht, dass seine Soldaten den Nachbarkönig in ihre Gewalt bringen würden.
«Und ich habe geglaubt, wir würden uns freundschaftlich unterhalten», sagte der schwarze König gekränkt.
Die weiße Königin beruhigte ihn. «Wir bleiben selbstverständlich freundlich.» Sie richtete sich auf und sprach zu den beiden Heeren: «Die erste Spielregel lautet: ‹Wer den gegnerischen König gefangen nehmen kann, der hat gewonnen.›»
Die weißen Soldaten, gewohnt, aufs Wort zu gehorchen, stellten sich wie ein Mann in Reih und Glied auf (das hatte der Ratsherr ihnen beigebracht), präsentierten ihre Speere und riefen: «Lang lebe die Königin!»
Und zur Freude des Ratsherrn stürmten sie daraufhin mit erhobenen Fäusten auf die schwarze Front zu. Es blieb dem schwarzen Heer nichts anderes übrig, als ebenfalls die Waffen zu senken und sich zu verteidigen. In kürzester Zeit wälzte sich ein kämpfendes Knäuel über den Platz.
Der Ratsherr war der Einzige, der den Anblick genießen konnte. Alle anderen waren bestürzt und wagten gar nicht hinzuschauen. Die Pferde hatten sogar ihre Hufe vor die Augen geschlagen.

* Siehe die Zeichnung auf Seite 166/167.

Im ersten Augenblick war die weiße Königin so verblüfft, dass sie kein Wort herausbringen konnte. Zum Glück fasste sie sich aber rasch, sonst wären gewiss etliche Soldaten verwundet worden.
«Halt! Stopp!», befahl sie laut, und unter Lebensgefahr drängte sie sich zwischen die Kämpfenden.
Die weißen Soldaten, die ja ihrer Königin ganz treu ergeben waren, gehorchten sofort. Da hörten die schwarzen Soldaten natürlich auch auf. Sie waren schließlich gekommen, um zu spielen, und nicht, um zu kämpfen.
«So macht es keinen Spaß, ich liebe keine Gewalt!», sagte die Königin entrüstet.
Der Ratsherr trat entschlossen einen Schritt vor. «Und ich meine, dass in dem Spiel auch Gewalt herrschen sollte.»
«Nein, das ist überhaupt nicht notwendig.» Die Königin schaute ihn von oben herab an.
Der Ratsherr blickte mindestens ebenso stolz drein. «Ihr müsst es selbst wissen, aber dann ist dieses Spiel nicht für unseren König geeignet», sagte er.
Das kümmerte die Königin nicht. Das Spiel war noch lange nicht fertig, und sie hatte Besseres zu tun, als jemandem zuzuhören, der niemals Spaß an irgendetwas hatte. Deshalb machte sie einfach weiter und überlegte, dass sie nun zwar wusste, wer alles an dem Spiel teilnehmen würde, aber noch nicht, was jeder zu tun hatte.

«Also, dann wollen wir mit den Königen anfangen», sagte sie und schaute den Ratsherrn an. «Würdet Ihr bitte so freundlich sein, alles aufzuschreiben?»
Der Ratsherr zog widerwillig sein Notizbuch aus der Tasche. Also gut, da er ja doch zugegen war …

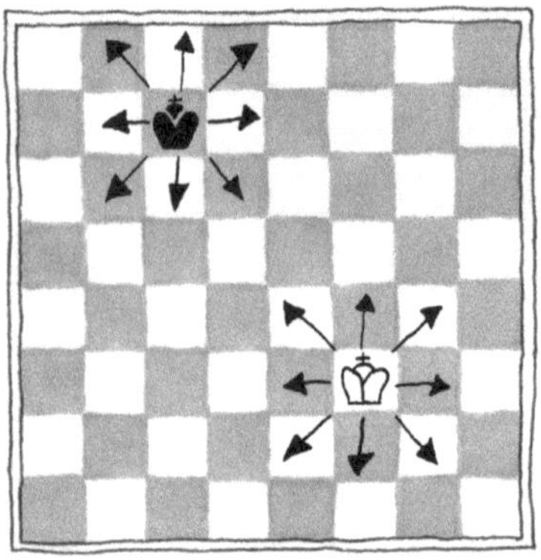

«Der König darf sich nach vorn, nach hinten, zur Seite und schräg bewegen», beschloss die Königin, «aber er darf jeweils nur ein Feld weiterrücken.» Es schien ihr vernünftig, dass der König in der Nähe der eigenen Front blieb.
«Na, das wird dem König bestimmt nicht behagen», brummte der Ratsherr.
«Mein lieber Ratsherr, es ist für den König doch viel zu gefährlich, sich weit von seinem Standquartier zu entfernen!» Die Königin sah aus wie ein gelernter Feldherr.
Das bestätigte der schwarze König mit lebhaften Gebärden. «O ja, nein, viel zu gefährlich! Ich begebe mich nie an die vorderste Kampflinie.» Er musste es ja wissen, denn er verlor nur selten einen Krieg.
Die Königin lächelte. Sie wusste kaum, was eine vorderste Linie war, aber das Spiel begann ihr Spaß zu machen, vor allem jetzt, wo sie sich ausdenken wollte, was sie und die schwarze Königin machen durften.
«Mal sehen. Wir dürfen uns ebenfalls vorwärts, rückwärts und seitlich oder schräg bewegen.»

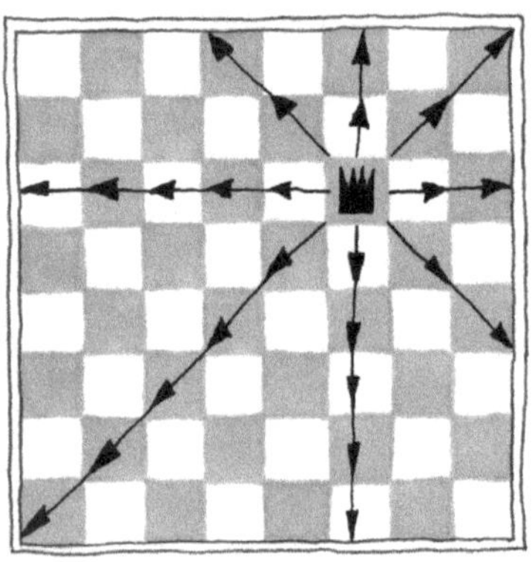

Die beiden Königinnen machten gleichzeitig einen Schritt nach vorn, nach hinten und nach den Seiten und schauten sich an. Die schwarze Königin fing an zu kichern.
Und dann flüsterte die weiße Königin verschwörerisch: «Aber wir dürfen so weit laufen, wie wir können.»
Alle, das heißt alle außer dem Ratsherrn, jubelten. Das war mal eine großartige Spielregel!

Die zwei Königinnen durften marschieren, so weit sie konnten, während die Könige nur einen Schritt machen durften. Hahaha, die Untertanen schlugen sich auf die Knie vor Vergnügen.
Ungerührt sah sich der Ratsherr die Szene an und schrieb die Regel gar nicht erst auf. Sein König würde außer sich sein, wenn er so etwas Blödes hörte.
Die beiden Königinnen waren mittlerweile auf den Geschmack gekommen und übten schwungvoll ihre Schritte.
Plötzlich erschien der Lakai des Königs auf der Freitreppe und blies in seine Trompete. Die Königin erschrak, denn meistens kündigte der Lakai das Erscheinen des Königs an. Sie winkte, dass alle möglichst rasch verschwinden sollten.
Das ließ sich der Ratsherr nicht zweimal sagen. Nichts wollte er weniger, als dass der König ihn hier mit diesen Dummköpfen erwischte. Er hatte den Auftrag, einen Krieg vorzubereiten, und nicht, sich dämliche Spiele auszudenken.

Das schwarze Königspaar winkte der weißen Königin noch kurz zu und rannte dann spornstreichs durch das große Tor davon. Natürlich sah der Lakai einige Leute verschwinden, aber er kam gar nicht darauf, das seltsam zu finden. Geduldig wartete er, bis es still wurde.

«Der König ersucht Ihre Majestät, die Königin, ihm vorzulesen», deklamierte er würdevoll.

Rasch lief die Königin die Treppen zum Gemach des Königs hinauf.

Die Hofdame war tief enttäuscht. Es fing doch gerade an, lustig zu werden. Sie war so schrecklich neugierig, was sie selbst wohl in dem Spiel zu tun hätte, und jetzt sollte sie warten! Missmutig stampfte sie mit dem Fuß auf den marmornen Fußboden. Immer dieser König! Gerade, wenn es spannend wurde, wollte er vorgelesen bekommen.

Victor starrte in das Buch. Er wollte weiterlesen, aber er sah fast nichts mehr. Die Buchstaben verschwanden in einem dichten Nebel. Er griff nach dem Tisch, alles schwankte wie auf einem Schiff. Wie aus weiter Ferne hörte er, dass Sara seinen Namen rief. Ihm wurde übel. Vergeblich versuchte er, in dem Nebel etwas zu erkennen, die Brille rutschte ihm von der Nase.

Dann fühlte er Saras Hand. Sie hielt ihn fest, während alles um ihn herum dunkel wurde.

7

Schwer hing Victor in ihren Armen. Wenn er nur nicht starb! Sara wankte unter seinem Gewicht und rief nach Victors Vater. Als dieser sah, was los war, nahm er seinen Sohn gleich in die Arme und schüttelte ihn leicht hin und her.

«Victor! Victor!», rief er ängstlich.

Langsam kam Victor zu sich, Tränen liefen ihm über die Wangen. Er öffnete die Augen. «Papa, es war wieder so!»

Sein Vater nickte. Es war nun anderthalb Jahre her, dass Victor zum ersten Mal epileptische Anfälle bekommen hatte. Zum Glück waren die Anfälle durch die Medikamente schwächer geworden, aber Victor wurde seither schnell müde und klagte immer wieder über Kopfweh. Und dann der Schwindel ... Wie jetzt wieder. Hoffentlich war es nur die Aufregung über den Umzug.

«Komm, ich bringe dich ins Bett.»

Victor wollte selbst laufen, aber es gelang ihm nicht. Sein Vater brachte ihn ins Schlafzimmer.

Sara wusste nicht, ob sie noch im Laden bleiben durfte, und holte sich zögernd ihre Jacke. Sie hörte, wie Victors Vater in dem Zimmer hinter dem Laden leise mit seinem Sohn sprach.

Plötzlich fragte Victor: «Darf ich Sara noch mal sehen?»

Vielleicht fühlte er sich schon wieder besser und würde gleich munter wie immer hereinkommen. Sara hoffte es jedenfalls.

Aber sein Vater erlaubte es nicht. «Nein, du musst jetzt erst schlafen.»

Ob Victor seine Mutter vermisste? Sara stellte sich vor, wie schlimm es wäre, wenn ihre Mutter tot wäre.

«Paps, darf Sara das Buch von der weißen Königin haben?», hörte sie Victor fragen.

Sie schaute auf das wunderschöne Buch, in dem die Geschichte der Königin stand. Sie schlug es auf und betrachtete das lustige Bild von dem König in seinem Schlafzimmer.

Eben wollte sie anfangen zu lesen, als die Glocke an der Ladentür bimmelte. Es kamen Kunden herein.

Sara drehte sich um und blickte direkt in das Gesicht von Mariette, das Mädchen, das in der Klasse vor ihr saß und sich in alles einmischte. Sie war mit ihrem Vater gekommen.

Mariettes Vater war ein kräftiger Mann in einem dunklen Anzug. Er trug einen kleinen Koffer in der Hand. Bestimmt kam er gerade von seiner Arbeit bei der Bank.

«Guten Tag, Sara», sagte er.

Sara machte nur eine unbestimmte Geste mit der Hand.

Mariette beachtete sie gar nicht. Suchend blickte sie sich um und entdeckte dann das, weswegen sie gekommen war.

«Schau, Papa», sagte sie und zeigte auf das schöne Schachspiel. «Da steht es. Ist das nicht ein tolles Spiel? Und es ist auch gar nicht teuer, nur fünfundsiebzig Gulden.»

Sara hätte am liebsten laut herausgeschrien, dass das Spiel nicht verkäuflich sei, dass es ihr gehöre, aber ... Das Schachspiel gehörte ihr ja gar nicht. Sie hörte, wie Victors Vater in den Laden kam, und sah ihn beschwörend an, in der Hoffnung, er könnte in ihren Augen lesen, dass er Mariette das Schachspiel nicht verkaufen dürfe. Aber Victors Vater war zu sehr in Gedanken versunken, um zu sehen, dass Sara ihm etwas signalisieren wollte.

«Guten Tag, was kann ich für Sie tun?», fragte er höflich.

«Meine Tochter findet dieses Schachspiel so schön, aber ich weiß nicht, ob es auch für sie geeignet ist.» Mariettes Vater sprach recht gewählt.

«Es ist kein Wettkampfspiel, wenn Sie das meinen.» Victors Vater fing an, die Figuren in der Ausgangsposition aufzustellen, damit es übersichtlicher aussah.

Mariette ergriff die Hand ihres Vaters. «Das macht doch nichts!» Sie lächelte ihn entwaffnend an, aber Sara wusste, dass sie nur heuchelte.

«Es ist ein sehr schönes Spiel, das muss ich zugeben, aber meinst du nicht, dass so ein anderes Spiel praktischer ist, vor allem, wenn du in einem Klub mitspielen willst, Mariette?», sagte ihr Vater.

«Nein, Papa, ich will dieses Spiel!» Mariette stampfte auf, ihr einschmeichelndes Lächeln war schlagartig verschwunden. Sie schnappte sich die Königin vom Spielbrett.

Sara erstarrte. Sie hatte die Königin weggenommen!

«Ich möchte noch darüber nachdenken, Mariette», sagte ihr Vater.

Victors Vater hatte inzwischen ein gewöhnliches Schachspiel hervorgeholt. «Schauen Sie, das hier ist ein offizielles Wettkampfspiel.»

«Das ist doch gut, Mariette, dann hast du genau so ein Spiel wie die berühmten Schachspieler.» Ihr Vater war begeistert, aber Mariette drehte sich gekränkt weg. Sie zog die Schultern hoch bis über die Ohren.

Wenn sie nur die Königin nicht zerbrach!

Sara spürte, wie Victors Vater eine Hand auf ihre Schulter legte, aber sie dachte nur noch an die Königin. Mariette musste sie doch zurückgeben!

Mariettes Vater führte seine Tochter sanft zur Tür. «Wir haben uns noch nicht entschieden, aber wir kommen dann wieder», sagte er. «Komm, Mariette.» Er öffnete die Tür.

Sara starrte unaufhörlich auf Mariettes Hand. Wenn sie sie nur nicht mitnimmt!, dachte sie. Sie wollte Mariette schon zurückhalten, da sagte Victors Vater plötzlich: «Ich glaube, Mariette, du hast noch etwas in der Hand.»

Ihr Vater erschrak. Mit finsterer Miene stellte Mariette die Königin zurück, mitten auf das Schachbrett. Ihr Vater lächelte entschuldigend. «Ach, das hattest du bestimmt vergessen ... Also auf Wiedersehen, Sara.» Er nickte Victors Vater kurz zu und verließ mit seiner störrischen Tochter schnell den Laden.

Sara stellte die Königin liebevoll wieder an ihren Platz, neben den König.

Sara hatte das Buch «Lang lebe die Königin» von Victors Vater geschenkt bekommen und in ihre Schultasche gesteckt. Sie drückte die Tasche an sich und rannte über den Deich nach Hause. Die Sonne stand schon tief, und die Kopfweiden warfen bizarre Schatten. An anderen Tagen wäre sie bestimmt den Schatten ausgewichen, aber dann hatte sie ja auch den ganzen Nachmittag

Zeit. Jetzt aber war sie in Eile. Sie wollte wissen, ob in ihrem Sparschwein genug Geld für das Schachspiel steckte.

Victor war nicht mehr aus seinem Zimmer gekommen. «Vielleicht kann er morgen nicht in die Schule kommen. Willst du dann kommen und erzählen, was ihr gemacht habt?», hatte sein Vater gefragt.

«Ich gehe nie wieder in die Schule!» Sara erschrak selbst, als sie das sagte. Außer zu Victor hatte sie das noch zu niemandem gesagt, schon gar nicht zu jemandem, der so viel älter war. Jetzt erlaubte Victors Vater bestimmt nicht mehr, dass sie mit Victor spielte …

Stattdessen sah er sie lachend an. «Na ja, wenn dir das Lernen wieder Spaß macht, dann rennst du morgens in die Schule und findest es schade, wenn sie aus ist.»

Das glaubte Sara ihm nicht. Aber Victors Vater war sich da ganz sicher. «Sieh dir nur Victor an.»

«Ja, Victor, der ist aber auch klug.»

«Glaubst du etwa, dass du nicht klug genug bist?» Dabei machte er ein Gesicht, als ob er das ganz idiotisch fände. Victors Vater war wirklich nett.

Sara rannte die Treppe hinauf. Im Flur erschien ihre Mutter.

«Du bist spät, Sara, wo warst du so lange?»

Sara blieb auf der Treppe stehen und erzählte ihr, dass sie Nachhilfestunde gehabt hatte. Na ja, es war wohl nicht wirklich Nachhilfe, aber auf jeden Fall lernte sie etwas, also …

«Von wem denn?», fragte die Mutter überrascht.

«Von Victors Vater.»

«Victors Vater? Hat der Zeit dafür?»

Sara nickte so heftig, dass sie fast die Treppe hinuntergefallen wäre.

Ihre Mutter glaubte ihr. Sie schien die Idee sogar gut zu finden. «Ist ja prima. Dann bekommst du vielleicht bald wieder gute Noten in der Schule.»

Sara nickte brav und rannte in ihr Zimmer.

In dem großen rosaroten Sparschwein mit dem Gummipropfen im Bauch waren viele Cents und Gulden. Sara fing an zu zählen, aber sie verzählte sich dauernd, denn sie dachte immer nur an das Schachspiel.

8

Nach dem Abendessen setzte Sara sich zu Großvater auf das Sofa. Abends sahen sie meistens die Nachrichten im Fernsehen. Ihre Mutter brachte auf einem Tablett das Geschirr in die Küche, und Sara hörte, wie sie im Flur anfing zu singen.

Im Fernsehen berichtete ein bekannter Sprecher von dem Westend-Schachturnier, einem Wettkampf, der ganz in der Nähe ausgetragen wurde. Der Reporter erzählte von einem unbekannten südafrikanischen Schachspieler, der durch seine besondere Spielweise aufgefallen war. Er war ein ernsthafter Gegner für den Holländer Tom de Ruyter.

«Wenn alles klappt, kommen die Spieler jetzt zu uns ins Studio», erklärte der Sprecher. Auf dem Bildschirm erschien Tom de Ruyter. Fröhlich schaute er in die Kamera.

«Wie ist es heute gelaufen, Tom?»

Tom verzog das Gesicht. «Na ja, was soll ich sagen?»

«Schlecht, das kannst du ruhig sagen. Es stand in der Zeitung», kommentierte Saras Großvater, noch bevor von Tom de Ruyter die Antwort kam.

Sara lachte. Ihr Großvater redete oft mit dem Fernseher.

«Bob Hooke spielte unerwartet stark. Hast du ihn nicht etwas unterschätzt?» Der Reporter hielt Tom de Ruyter das Mikrofon entgegen und wartete auf eine Antwort.

Sara griff nach der Sportbeilage der Zeitung. Wenn Großvater alles gelesen hatte, durfte sie die Bilder ausschneiden. Ihre Mutter las den Sportteil doch nie.

Auf dem Bildschirm erschien jetzt Bob Hooke.

In diesem Augenblick kam die Mutter singend ins Zimmer. Wie angewurzelt blieb sie stehen und verstummte.

Sara blickte zum Fernseher auf, und da sah sie ihn. Sie erkannte ihn sofort.

«Sara, komm, schnell ins Bett», drängte die Mutter.

Auf dem Bildschirm sprach jetzt Bob Hooke. Er redete Südafrikanisch, aber so langsam und deutlich, dass man es gut verstehen konnte.

«Darf ich den Fernseher abschalten?», fragte Saras Mutter gereizt.

Sie bekam keine Antwort. Sara und ihr Großvater schauten auf Bob Hooke, der erzählte, dass er nach diesem Schachturnier wieder nach Südafrika zurückfliegen würde.

Da nahm Saras Mutter die Fernbedienung und schaltete kurzerhand den Fernseher aus.

Großvater sah erstaunt auf. «Holla, was machst du denn jetzt?»

Die Mutter zog Sara mit sich. «Auf! Ins Bett mit dir!» Sara konnte sich gerade noch die Sportbeilage schnappen.

Bald darauf lag sie im Bett. In ihrem Zimmer war es dunkel. Ihre Mutter hatte ihr einen Kuss gegeben und gesagt, sie solle rasch einschlafen. Aber Sara konnte nicht schlafen.

Sie knipste das Leselämpchen an und blätterte in der Sportbeilage. Auf der letzten Seite war ein Bild von dem Schachspieler, der Bob Hooke hieß und aus Südafrika stammte. Sara schnitt das Bild aus, steckte es unter ihr Nachthemd und stieg aus dem Bett.

Geschickt die knarrenden Dielen vermeidend, schlich sie über den Flur.

Aus Großvaters Zimmer unten drang Musik. Sara ging in das Schlafzimmer ihrer Mutter. Sie horchte. Waren da Schritte auf der Treppe? Aber ihre Mutter ging unten durch den Flur, und bald darauf hörte sie das Klappern von Geschirr aus der Küche.

Geräuschlos öffnete Sara den Überseekoffer, nahm den knisternden Umschlag mit den vielen Stempeln heraus und holte behutsam das Zeitungsfoto unter ihrem Nachthemd hervor.

Dann verglich sie die beiden Bilder. Der Mann, der neben ihrer Mutter vor dem großen Schachbrett stand und den Arm um ihre Schultern gelegt hatte, war derselbe wie der auf dem Zeitungsausschnitt. Es war der Südafrikaner Bob Hooke.

Am nächsten Morgen rannte Sara so schnell sie konnte zum

Laden von Victors Vater. Das Geld klimperte in ihrem Sparschwein. Hoffentlich hatte Mariettes Vater das Schachspiel nicht schon gekauft!

Auf der Straße waren nur wenige Menschen. Sara sah den Laden schon von weitem.

Keuchend erreichte sie die Tür und versuchte sie zu öffnen. Aber dann sah sie das Schild hängen: ‹Geschlossen›. Seltsam! Warum war der Laden noch nicht geöffnet? Vielleicht waren sie noch in dem Zimmer dahinter.

Sara rüttelte an der Tür und schaute durchs Fenster. Niemand erschien. Sie sah das Schachspiel im Schaufenster. Unbeweglich stand die Königin auf ihrem weißen Platz.

Sara wartete, bis die Turmuhr schlug und sie zur Schule gehen musste.

Da Victor nicht in der Schule war, nahm Sara an, dass er noch krank war.

Weil sie dauernd an die Königin denken musste, nahm sie das Buch «Lang lebe die Königin» aus ihrer Schultasche, schlug es auf und betrachtete die Bilder. Natürlich achtete sie darauf, dass der Lehrer nichts merkte. Als sie Erdkunde hatten, schob sie das Buch unter den großen Atlas. Aber als sie die Karte von Friesland suchte, stieß sie aus Versehen gegen das Buch, und es rutschte vom Tisch und polterte auf den Boden.

Gerade da ging der Lehrer durch das Klassenzimmer. Er hob es auf und nahm es mit nach vorne zu seinem Tisch.

Sara ließ es nicht aus den Augen, bis die Stunde vorbei war.

Als die anderen Kinder hinausgegangen waren, ging Sara zögernd zum Lehrer. «Kann ich mein Buch bitte wiederhaben?»

Der Lehrer nahm das Buch in die Hand und betrachtete es genau. «Du lernst also jetzt Schach spielen?»

Sara sagte nichts. Sie fürchtete schon, dass sie das Buch niemals wiederbekommen würde.

«Das ist ein schwieriges Spiel mit vielen Spielregeln, Sara. Ich glaube, du kannst deine Zeit besser nützen. Du hast übrigens deine Aufgaben wieder nicht gemacht.» Seine Stimme klang müde.

Mariette gesellte sich zu ihnen. Zum Glück entdeckte sie das Buch nicht, sonst hätte sie die Königin bestimmt wieder erkannt. Der Lehrer wartete auf eine Antwort, aber Sara schwieg.

Da fing Mariette an: «Mein Vater will mir heute ein schönes Schachspiel kaufen. Geben Sie uns wieder Schachunterricht?»

Der Lehrer gab jedes Jahr den besten Schülern seiner Klasse Schachunterricht. Er spielte selbst sehr gern Schach und hielt es für ein interessantes und auch ein nützliches Spiel. Es schärfte den Geist. Fast seine gesamte Freizeit verbrachte er mit Schachspielen, vor allem, seit er Vorsitzender des Schachklubs im Dorf geworden war.

«Ja, am Montag wollen wir damit anfangen», sagte er steif.

Sara bekam Bauchschmerzen vor Schreck. Wenn nur Mariettes Vater das schöne Schachspiel nicht gekauft hatte!

Endlich schob der Lehrer ihr das Buch zu. «Ich erwarte von dir, dass du am Montag die Zwölferreihe aufsagen kannst, Sara!», sagte er streng.

Sara nahm das Buch vom Tisch und lief schnell aus der Klasse.

Es regnete, während Sara von Stein zu Stein sprang. Meistens konnte sie den Pfützen ausweichen, aber manchmal waren die Wasserlachen zu groß, und dann landete sie mittendrin.

Klatschnass erreichte sie die Straße, in der der Laden von Victors Vater war. Die Ladentür stand offen, und Mariettes Vater trat heraus. Er blieb vor dem Schaufenster stehen, so dass Sara nicht sehen konnte, ob das Schachspiel dort noch stand. Sie sah nur, dass er ein großes Paket unter dem Arm trug. Das war bestimmt ihr Schachspiel!

«Guten Tag, Sara, auch wieder da?», hörte sie ihn fragen.

Ihr Herz hämmerte so laut, dass sie nicht antworten konnte.

Mariettes Vater spannte seinen Regenschirm auf und ging schnell weiter, das Paket unterm Arm.

Sara schaute ihm nach, und erst, als er um die Ecke gebogen war, drehte sie sich um und blickte ins Schaufenster. Bestimmt war schon etwas Neues dort, wo das Schachspiel gestanden hatte.

Sie machte einen Schritt und ... Es stand noch da! Aber neben dem Spiel lag ein Kärtchen, auf dem stand: VERKAUFT.

9

Das Buch «Lang lebe die Königin» würde Sara nichts nützen ohne das dazugehörende schöne Schachspiel, meinte Victors Vater. Er war am Morgen mit seinem Sohn beim Arzt gewesen, und danach hatten sie zusammen VERKAUFT auf ein Kärtchen geschrieben und es neben das Schachspiel gelegt.

Sara zog den Gummipfropfen aus dem Bauch ihres Sparschweins und schüttete das ganze Geld auf den Ladentisch. Victors Vater fing an zu zählen. Und obwohl Sara ihre Nase dicht über den Haufen von Münzen hielt, wusste sie, als er fertig war, noch immer nicht, ob das Geld reichte.

Erwartungsvoll sah sie ihn an. Zum Glück sagte er, dass es gut reiche, es bleibe sogar noch etwas übrig.

Jetzt gehörte das Schachspiel ihr! Sara eilte zum Schaufenster und verstaute die Schachfiguren sorgfältig in dem violetten Samtetui, das zu dem Spiel gehörte.

«Jetzt müsst ihr ein Weilchen schlafen, nachher hole ich euch wieder raus», flüsterte sie.

Victors Vater lächelte, als er sah, wie behutsam Sara mit dem Spiel umging. Sie brauchte nichts dafür zu bezahlen. Schon am Morgen hatte er sich vorgenommen, es ihr zu schenken. Er schob fünfundsiebzig Gulden in Scheinen in ihr Sparschwein und steckte es in ihre Tasche.

Dann erzählte er ihr, dass Victor noch im Bett lag und schlief. Der Arzt hatte ihn untersucht, aber das Ergebnis der Tests sollte erst nächste Woche vorliegen.

Als Victor bald darauf wach wurde, wollte Sara ihm ihr neues Spiel gleich zeigen. Sie lief über den Flur und öffnete leise die Zimmertür.

Victor saß aufrecht in seinem Bett. «Oh, hast du das Schachspiel gekauft?»

Sara nickte freudestrahlend.

«Dann kannst du jetzt auch zu Hause spielen.»

Wieder nickte Sara.

«Und wie war es in der Schule?»

«Ich soll die Zwölferreihe lernen!» Sara verzog das Gesicht.

«Die Zwölferreihe ist doch lustig. Eins eins zwei, eins zwei. Zwei eins zwei, zwei vier. Drei eins zwei, drei sechs ...», sang Victor begeistert.

Sara musste lachen. Das war ja das Nette an Victor, dass er sich so freuen konnte über Sachen, die sie abscheulich fand.

«Schau nur!» Er schrieb die Zwölferreihe auf.

1 x 12 = 12, 2 x 12 = 24, 3 x 12 = 36 ...

«Du musst nur die einzelnen Zahlen vorlesen», erklärte er und zeigte auf die Ziffern. «Eins eins zwei, eins zwei. Zwei eins zwei, zwei vier. Drei eins zwei, drei sechs ...»

Plötzlich hatte Sara verstanden. Nur ab fünf mal zwölf wurde es etwas schwieriger, aber auch das machte Spaß. Es klang wie eine Geheimsprache. Noch ein paar Mal wiederholte sie alles, dann kannte sie die Zahlen auswendig. Auf diese Weise lernte sie, ohne es selbst zu merken, die Zwölferreihe.

Sara wollte vermeiden, dass ihre Mutter das Schachspiel sah. Deshalb ging sie, als sie heimkam, gleich in ihr Zimmer und schob es unter ihr Bett.

«Hallo, Sara», rief die Mutter aus dem Schlafzimmer. Sie zog sich gerade um, wie immer, wenn sie von der Arbeit nach Hause kam. «War es nett in der Schule?»

Sara ließ sich wortlos auf das große Bett ihrer Mutter fallen.

«Und wie war die Nachhilfe?»

Sara machte nur eine unbestimmte Handbewegung.

Da setzte sich die Mutter zu ihr aufs Bett. «Weißt du, wer heute im Friseurladen war?»

Sara schüttelte den Kopf.

«Mariettes Vater.»

Sara zog ein schiefes Gesicht.

«Warum spielst du nie mit Mariette? Magst du sie nicht?»

«Nein ...»
«Schade.»
«Sie mischt sich immer in alles ein, und außerdem findet sie mich doof.»
«Findet sie dich doof? Dann ist sie wohl selbst ein bisschen blöd», sagte die Mutter empört.
«Ja, ja, sie ist wirklich blöd!», lachte Sara.
«Weißt du, Sara, wozu ich jetzt richtig Lust hätte? Mit dir ein paar Tage ins Blaue zu fahren.»
Sara nickte, aber sie hörte nicht so recht zu. Sie dachte an das Foto von ihrer Mutter mit dem südafrikanischen Schachspieler.
«Aber ich kann den Laden nicht einfach allein lassen», seufzte die Mutter und ging ins Badezimmer. «Und außerdem hast du jetzt keine Ferien. Schade.»
«Mama, kannst du Südafrikanisch sprechen?»
Ihre Mutter schien sie nicht zu hören und verstaute die schmutzige Wäsche im Wäschekorb. Sara wiederholte ihre Frage.
«Ach ja», sagte die Mutter leichthin, «die Südafrikaner sprechen Holländisch mit einem lustigen Akzent, mit komischen Endungen.»
«Wie?»
Ihre Mutter brachte den Wäschekorb ins Schlafzimmer. «Ik spreek nie Afrikaans nie!»
«Doch!»
«Nein!»
«Doch!»
Die Mutter zog ihre Leintücher unter Sara hervor. Sara ließ sich auf die Seite rollen und kicherte.
«Mama, kannst du Schach spielen?», fragte sie plötzlich.
«Können schon. Aber ich mag nicht. Ich halte es für Zeitverschwendung.»
«Zeitverschwendung?» Sara schaute auf das Armbändchen, das ihre Mutter trug. Es stammte aus Südafrika. Vielleicht hatte Mama es von ‹ihm› geschenkt bekommen.

Das Arbeitszimmer von Saras Großvater war voll gestopft mit Büchern. Atlanten, Bücher mit Abbildungen von Kunst- und Gebrauchsgegenständen aus aller Herren Länder und Geschichtsbücher. Sara fragte ihn, ob er auch ein Buch über Südafrika hatte.

Einen Moment musste der Großvater überlegen, aber dann wusste er Bescheid. Begeistert – er freute sich immer, wenn jemand sich für seine Bücher interessierte – stieg er eine kleine Leiter hinauf und zog ein sehr großes und schweres Buch aus dem Schrank. Weil Sara es nicht tragen konnte, legte er es für sie auf seinen Schreibtisch.

Sara schlug es auf. Es war ein wunderschönes Buch mit vielen Farbfotos, Landkarten und Zeichnungen. Ein ganzes Kapitel handelte von südafrikanischem Schmuck.

Die meisten Armbänder waren aus Metall. Aber Sara betrachtete sie alle. Zwischen mehreren bunten Ohrringen und Halsketten entdeckte sie ein Armband aus Perlen, das dem ihrer Mutter ähnelte. Sie nahm ein Vergrößerungsglas in die Hand. Das Armband war nicht ganz gleich, denn es hatte andere Farben, aber sonst sah es wirklich sehr ähnlich aus.

«Sieh mal, Mamas Armband», sagte Sara und zeigte mit dem Vergrößerungsglas auf das Foto.

Saras Großvater beugte sich darüber. «Was meinst du?»

Sara zeigte auf das Bild. «Es sieht aus wie Mamas Armband, findest du nicht?»

Der Großvater nahm das Vergrößerungsglas.

Sara versuchte, an ihm vorbei in das Buch zu spähen. «Das von Mama hat andere Farben, nicht wahr, Opa?»

«Ja, ganz andere Farben. Lass mich mal sehen … Oh, hier steht etwas.» Er begann zu lesen.

«Was steht da, Opa?»

«Dass es immer nur zwei ganz gleiche solche Armbänder gibt!»

«Nur zwei?» Sara platzte schier vor Neugierde.

«Ja. Wenn ein Mensch einen anderen liebt, lässt er extra so ein Armband machen. Meist schenkt ein Mann es einer Frau», las der Großvater vor.

«Meinst du, Mama hat es auch von einem Mann bekommen?»

«Ja, das nehme ich an.»

«Und von wem denn?»

Saras Großvater blätterte um und schaute, ob noch mehr darüber zu erfahren war. «Ich weiß es nicht, Sara.»

«Von meinem Papa?»

Großvater hörte auf zu blättern. «Ja, das ist gut möglich.»

«Mama trägt es doch immer?»

Der Großvater nickte. «Ja, hier steht nämlich, dass man es nur auszieht, wenn man den anderen nicht mehr liebt. Es ist wie eine Art Ehering.»

Sara schaute ihn fragend an. «Aber liebt Mama meinen Papa denn immer noch?»

«Vielleicht!» Großvater wandte sich wieder den Briefen zu, mit denen er beschäftigt gewesen war.

Gebannt starrte Sara auf die Abbildung von dem Armband. «Vielleicht hat mein Papa es auch noch um», flüsterte sie.

Wieder in ihrem Zimmer, betrachtete Sara alle Zeitungsfotos von Bob Hooke, die sie inzwischen gesammelt hatte. Fast jeden Tag stand etwas über das Westend-Schachturnier in der Zeitung. Aber man konnte auf keinem der Bilder erkennen, ob er ein Armband trug. Entweder hingen die Ärmel über sein Handgelenk, oder die Hand war nicht im Bild, oder er war zu weit weg. Sie klebte die Fotos in ihr Tagebuch. Von jetzt an war das Tagebuch ein Geheimnis!

10

Sara musste heute nicht in die Schule, es war Sonntag. Gestern hatte sie den ganzen Tag, während ihre Mutter bei der Arbeit war, mit dem Schachspiel gespielt. Sie hatte bestimmt zehnmal alle Figuren in die Anfangsstellung gebracht und dann in dem Buch nachgelesen, ob es stimmte. Jedes Mal war es richtig gewesen. Nun saß sie auf ihrem Bett und las weiter.

Der König verlangte zwar, dass seine Frau ihm vorlesen sollte, aber er lag ganz tief unter der Bettdecke, nur der Zipfel seiner Schlafmütze schaute hervor. Die Königin dachte an das spannende Spiel, das sie alle für ihn ausdachten. Aber sie durfte noch nichts verraten, nicht, bevor es ganz fertig war.

Deshalb las sie möglichst spannend vor: «Die Eiskönigin verließ nie ihr Zimmer, schon gar nicht, wenn die Sonne schien.»

Unter der Decke brummte es.

Die Königin hörte auf zu lesen.

«Ich verstehe nichts», murmelte der König.

Die Königin lächelte. «Warum versteckst du dich denn auch unter der Decke?»

«Ich kann nicht herauskommen. Im Zimmer stinkt es!», rief der König zurück.

«Dann können wir doch kurz lüften?» Schon stand die Königin auf, aber noch ehe sie das Fenster öffnen konnte, schoss der König hervor und warf wütend die Decke zurück.

«Halt, lass das!», zischte er.

«Was ist denn?»

«Wenn du die Fenster öffnest, stinkt es hier noch mehr. Es stinkt nach Blumenkohl.»

Die Königin streckte ihre Nase in die Höhe und schnupperte. «Ich rieche nichts.»

«Doch! Der schwarze König kocht den ganzen Tag Blumenkohl, und dann fängt es hier an zu stinken. Weißt du was ...»
Er schaute seine Frau ernst an. «Ich finde, dass das ein guter Grund wäre, einen Krieg zu führen. Wir haben schon schlechtere Gründe gehabt.»
«Ich rieche nichts», sagte die Königin. «Und außerdem, stinken oder nicht, das ist noch lange kein Grund, unseren Nachbarn den Krieg zu erklären. Es sind ganz anständige Leute.»
«Es sind gar keine anständigen Leute! Immer wollen sie gewinnen. Das ist doch unverschämt, immer gewinnen zu wollen!»
Eigentlich ist es der König selbst, der immer gewinnen will, dachte die Königin gerührt und setzte sich wieder zu ihm auf die Bettkante. «Soll ich dir etwas verraten?»
«Nein!» Der König tauchte wieder unter die Decke.
«In einigen Tagen darfst du Krieg führen!», sagte sie. Natürlich meinte sie damit das Spiel.
Der König spähte unter seiner Decke hervor und fragte misstrauisch: «Wirklich? Mit meinen Soldaten und meinen Pferden?»
Die Königin nickte. «Mit allen. Sogar deine Türme auf Rädern dürfen mitkämpfen.»
Der König traute seinen Ohren nicht. Woher wusste sie von den Türmen auf Rädern? Ach so ... der Ratsherr. Der hatte es ihr bestimmt erzählt. Der König setzte sich auf und strahlte. «Ist das nicht eine schlaue Erfindung?»
«Ja, ungeheuer schlau. Vor allem, weil sonst noch niemand auf die Idee gekommen ist.»
Zum Glück freute sich der König so sehr, dass er ihre Anspielung überhörte. Plötzlich fragte er: «Und ... wann fangen wir an?»
Himmel!, dachte die Königin. Was habe ich da nur gesagt. Das Spiel ist doch noch gar nicht fertig! «Na ja ... in zwei Tagen», stammelte sie. Ja, in zwei Tagen würde das Spiel fertig sein.
Der König legte sich wieder in sein königliches Bett. «Dann fange ich jetzt an zu schlafen, damit die zwei Tage schneller vergehen.» Er kroch tief unter die Decken, und schon bald schnarchte er, dass die Schlafzimmerwände wackelten.

Die Königin rannte hinaus auf den Schlosshof. Wie dumm von ihr, dem König zu versprechen, dass er Krieg führen durfte!
Die Hofdame, die sich erneut über ihren Stickrahmen gebeugt hatte, stach sich vor Schreck wieder in den Finger. «O nein! Wirklich Krieg führen?»
«Natürlich nicht. Es geht um das Spiel! Ruf schnell alle wieder zusammen!» Sonst war die Königin immer die Ruhe selbst, aber heute nicht!
Die Nachbarn, der schwarze König und seine Frau, eilten mit ihrem Gefolge herbei. Sie freuten sich auf das Spiel.
«Kann bitte jeder wieder seine Ausgangsposition für das Spiel einnehmen?», bat die weiße Königin. Daraufhin liefen alle wild durcheinander und kämpften um die besten Plätze. Die Pferde stellten sich heftig ausschlagend nebeneinander, und die Türme standen plötzlich in der Mitte.
Die Königin konnte nichts von dem erkennen, was sie schon verabredet hatten. Sie winkte den Ratsherrn herbei, der ja zum Glück alles aufgeschrieben hatte.

Aber der Ratsherr blätterte nur nervös in seinen Notizen, und ein Blatt fiel heraus. Die Hofdame hob es auf und las laut vor: «Wenn der Wind weht und der Hahn kräht.»

«Ach, Ihr seid ja ein Dichter», sagte die Königin überrascht.

«Na ja», meinte der Ratsherr und errötete. «Hin und wieder ein paar Zeilen.»

«Aber wo sind denn nun die Aufzeichnungen von vorhin?» Jetzt wurde die Königin allmählich ärgerlich.

«Ja, seht Ihr, ich fürchte, ich ...», stammelte der Ratsherr.

«Das ist ja allerhand!», rief sie, als ihr aufging, dass der Ratsherr die Notizen verloren hatte.

Der Ratsherr sagte schuldbewusst, er wisse doch alles noch, und begann zielstrebig, jedem seinen Platz zuzuweisen. Die Pferde sollten hintereinander stehen, die Soldaten in einem Kreis, die Türme landeten an einer Seite. Kurzum, es war ein heilloses Durcheinander.

Die Königin wusste sich keinen Rat. Sie schaute die Hofdame an. Hatte die vielleicht etwas behalten?

Natürlich wusste die Hofdame noch einiges. «Stand ich nicht in der Mitte?», fragte sie arrogant.

In der Mitte? Die Königin schüttelte den Kopf. Ihr war zum Weinen zumute. Wenn die Spieler nicht einmal behalten konnten, wo sie stehen sollten, würde das Spiel nie fertig werden, und dann ... ja, dann würde der König einen Krieg anzetteln.

Da hörten sie eine zarte Stimme.

Die Königin hatte dieses Stimmchen schon einmal gehört, aber noch nie in ihrem Königreich. Mit einem Wink bat sie um Ruhe. Alle horchten gespannt. Ja, da war die Stimme wieder.

«Königin, ich weiß es noch!»

Die Königin schaute sich um. Woher kam die Stimme?

Auf der obersten Stufe der großen Freitreppe saß ein kleines Mädchen. Sie trug nur ein Nachthemd, baumelte mit ihren nackten Füßen, und blonde Haare hingen ihr über die Schultern.

Die Königin erkannte sie sofort wieder. Sie hatte dieses Kind

mit den großen, dunklen Augen gleich gemocht. Sie stieg zu ihr hinauf und fragte freundlich: «Wie heißt du?»
«Ich heiße Sara.»
Tatsächlich – es war Sara, die dort plötzlich in dem Königreich auf der großen Treppe saß! Verlegen schaute sie sich um. Die Königin war noch schöner als sonst und auch viel größer. Sie war fast so groß wie ihre Mutter. Der Ratsherr und die Hofdame und die anderen übrigens auch.
Sara verstand nicht, wie sie in das Königreich hineingeraten war, aber sie überlegte nicht lange. Hier fühlte sie sich wohl, alle waren sehr freundlich zu ihr.
«Sara ... das ist ja ein wunderschöner Titel», sagte die Königin gerührt. «Und du weißt wirklich, wo jeder stehen muss?»
Sara nickte. Sie hatte es ja den ganzen Nachmittag geübt.

Jetzt lief sie barfuß über den Hofplatz. Es war wichtig, dass jeder Hofstaat auf der richtigen Seite des Platzes aufgestellt wurde. In der linken Ecke musste eine schwarze Platte sein, sonst konnte die weiße Königin niemals links vom König und gleichzeitig auf einer weißen Platte stehen.

Als Sara die richtige Platte in der Ecke fand, brauchte sie nicht weiter nachzudenken. Ohne zu zögern, wies sie allen ihre Plätze zu. Die weiße Königin auf dem weißen Feld und rechts neben ihr der König auf seinem schwarzen Feld. Neben dem König der Ratsherr und neben der Königin die Hofdame und dann daneben die Pferde. An den Ecken standen die Türme, und die Soldaten stellten sich vor den anderen in einer Reihe auf.

Der schwarze Hofstaat musste sich auf der anderen Seite des Platzes genauso aufstellen, nur stand dort die schwarze Königin auf einem schwarzen Feld.

Jetzt wusste auch die weiße Königin wieder alles. Am liebsten hätte sie getanzt vor Freude, und weil von weitem Musik erklang, tat sie es auch. Und alle tanzten munter mit, sogar der Ratsherr drehte sich im Kreis. Er freute sich, weil die Königin es ihm nicht weiter übel nahm, dass er die Notizen verloren hatte.

«Du bist ein tüchtiges Mädchen!», sagte die Königin zu Sara. «Ich danke dir.»

Es war vielleicht nur ein Traum, aber Sara lächelte.

II

Der schwarze König und seine Frau standen dicht nebeneinander. Der Lakai, der den weißen König spielen durfte, prüfte, ob seine Krone auch gerade saß. Sara hockte auf der breiten Treppenstufe und betrachtete die Untertanen der beiden Königreiche, die sich jetzt tadellos in der Anfangsposition aufgestellt hatten.

«Also, das Spiel heißt Schach», sagte die Königin. Das hatte Sara ihr soeben erzählt. «Der König wird den Namen bestimmt großartig finden. Wie gut, dass du das Spiel schon kennst, dann kannst du es uns erklären.» Mit einem zufriedenen Seufzer setzte sie sich hin und wartete auf die Erklärungen.

Sara stockte der Atem. «Ich kann aber gar nicht Schach spielen», flüsterte sie.

«Das ist aber schade!»

Die Königin hatte gehofft, bald fertig zu sein, aber das war nur ein schöner Traum gewesen. Als sie sah, wie sehr Sara sich schämte, beugte sie sich zu ihr hinab und sagte tröstend: «Das ist doch halb so schlimm, dann denken wir uns eben alles selbst aus.»

Mit frischem Mut lief die Königin in die Mitte des Schlosshofes und versuchte dabei, sich zu erinnern, wie weit sie schon gekommen waren. Alle dachten angestrengt mit, aber nur Sara wusste es.

«Der König durfte nur einen Schritt machen, und das war komisch», sagte sie mit ihrer klaren Mädchenstimme.

«Ja, und ich durfte dafür sehr weit laufen!» Die Königin freute sich, als es ihr wieder einfiel. Die Hofdame musste lachen. «Ja, das war wirklich komisch.»

«Sehr komisch!» Der Ratsherr ärgerte sich schon wieder.

«Sag doch mal, was sollen denn wir machen?», fragte die Hofdame, die darauf brannte, ihre Rolle in dem Spiel kennen zu lernen. Sie wartete doch schon die ganze Zeit darauf.

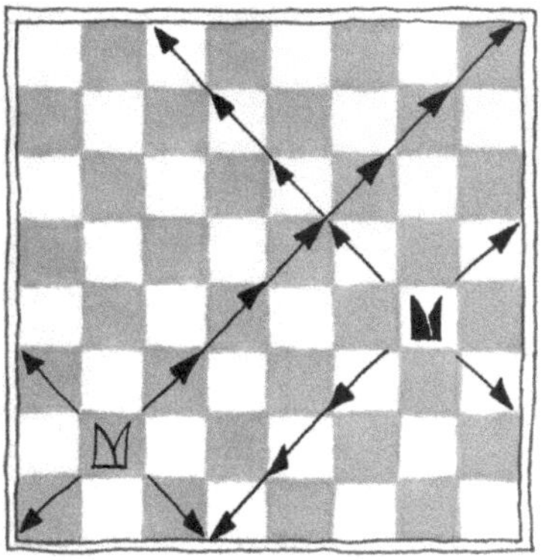

«Glaubt nur nicht, dass ich über die schwarzen Platten laufen werde!», sagte der Ratsherr schnell.
Die Königin schaute ihn verwundert an. «Aber dann könnt Ihr nur schräg gehen!»
«Ja nun ... ja!», knurrte der Ratsherr, der zu spät merkte, was er gesagt hatte.
«Also abgemacht: Ihr dürft nur schräg!» Die Königin schaute Sara zufrieden an.
«Aber dann dürfen wir dafür auch so weit laufen, wie wir können!», rief die Hofdame, der das sonst doch allzu kümmerlich gewesen wäre.
Als die Königin nickte, war die Hofdame zufrieden. Munter fing sie an, ihre Schritte zu üben, und stöckelte auf ihren hohen Absätzen schräg über den Platz.

Der weiße Ratsherr schaute nachdenklich auf die schwarze Hofdame, die genau wie er über die weißen Platten lief. «Dann darf ich also alle gefangen nehmen, die auf einer weißen Platte stehen», überlegte er laut.
«Was meinst du?», fragte die weiße Königin Sara.
Sara fand dies eine gute Idee.
Die schwarze Hofdame, die bei weitem nicht so streng war wie die weiße, gluckste bei dem Gedanken.
Der weiße Ratsherr grinste nur kurz und blickte um sich. Mal sehen, wen er alles gefangen nehmen konnte. Aha! Der schwarze König stand auf einer weißen Platte!
«Ich kann also auch den schwarzen König gefangen nehmen, da er auf einer weißen Platte steht», stellte er vergnügt fest.
Die Königin zögerte, aber Sara war sich da ganz sicher. «Ja, Ihr dürft jeden gefangen nehmen, der auf einer weißen Platte steht. Die Pferde und die Türme und die Soldaten und auch den schwarzen König.»

«Du bist aber wirklich schlau!», flüsterte die weiße Königin Sara ins Ohr. Sogar der weiße Ratsherr musste zugeben, dass das Spiel tatsächlich ganz nett wurde.
Nur der schwarze König hatte plötzlich keinen Spaß mehr daran. Er wollte sofort weglaufen, aber seine Frau hielt ihn zurück. Sie erklärte ihm, dass auch der weiße König gefangen genommen werden konnte.
Zum Glück hatte die schwarze Königin alles so gut verstanden, sonst wäre der schwarze König davongelaufen, und dann wäre nie ein Spiel erfunden worden, das Schach heißt!

Die Pferde kamen herbeigesprungen. Sie hatten zu viert eine Versammlung abgehalten – darin waren sie wirklich ungewöhnlich gut – und einen weisen Beschluss gefasst, so meinten sie selbst. Die schwarze Stute Kim durfte das Wort führen.
«Wir haben es uns gut überlegt», fing sie an. «Ihr müsst bedenken, dass wir als Pferde auch eine große Verantwortung tragen, und ich möchte nicht, dass ihr denkt, wir wollten uns drücken.»
Der Ratsherr wurde schon wieder ungeduldig, aber die Königin hatte sich hingesetzt und hörte genau zu.

«Wir wollten vorschlagen – und jetzt kommt es. Wir finden selbst, dass es erstaunlich schlau und überraschend ist.» Das Pferd war offensichtlich stolz auf sich. Die Königin wurde nun doch neugierig, denn die Pferde hatten sie noch nie im Stich gelassen.

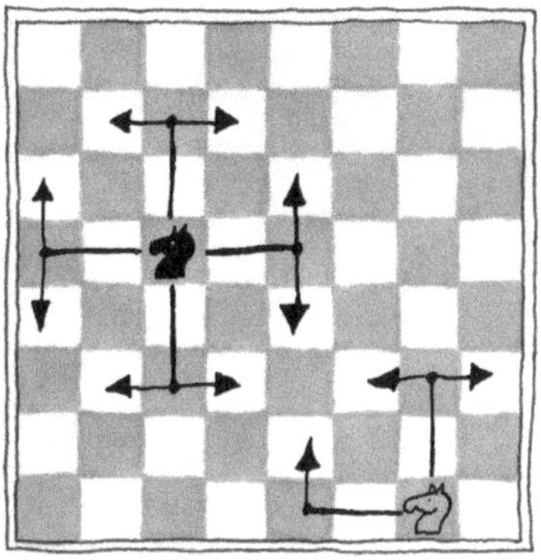

Das weiße Pferd Karel beendete den Bericht: «Wir gehen gerade, aber auch schräg.»
So, das war vielleicht eine Überraschung! Karel schaute sich triumphierend um. «Denkt euch nur, alle die geraden Linien machen es dem Gegner ziemlich leicht vorherzusagen, wo jemand hingehen wird. Wenn wir es nun ein bisschen kompliziert machen, sind wir nicht so leicht berechenbar.»
«Ihr könnt doch gar nicht normal springen», sagte der Ratsherr bissig, aber die Königin warf ihm einen strengen Blick zu.
Der Ratsherr wandte sich ab. Diese blöden Pferde würden das ganze Spiel noch verderben.
Die Königin kümmerte sich nicht weiter um ihn und wandte

sich wieder den Pferden zu. «Ihr wollt also zuerst gerade und dann schräg springen?»
«Ja, oder zuerst schräg und dann gerade.»
«Oder zwei nach vorne und dann eins zur Seite, je nachdem, wie man's betrachtet», erklärte Pferd Kees.
Die Königin wandte sich an Sara: «Verstehst du das?»
«Ich glaube schon.»
«Sollen wir es euch mal zeigen?», fragten die Pferde im Chor.
«O ja, bitte», sagte die Königin erleichtert.
Man konnte sehen, dass sie es gut geübt hatten. Genau im Gleichschritt sprangen sie von Platte zu Platte. Das sah sehr kompliziert, aber auch lustig aus. Die Pferde waren so ernsthaft bei der Sache, dass Sara lachen musste. Die Pferde zählten und sprangen und zählten und sprangen.
«So können wir auf den schwarzen Feldern landen, aber auch auf den weißen.»
Es war tatsächlich schwer zu sagen, wohin die komischen Biester springen würden. Das könnte sogar strategisch nützlich werden, dachte der Ratsherr.

Eben hatten die Pferde ihre Vorführung beendet, als die weißen und die schwarzen Türme mit einem Höllenlärm über den Hof gerattert kamen. Sie hielten genau gleichzeitig an und standen wie eine Mauer nebeneinander.

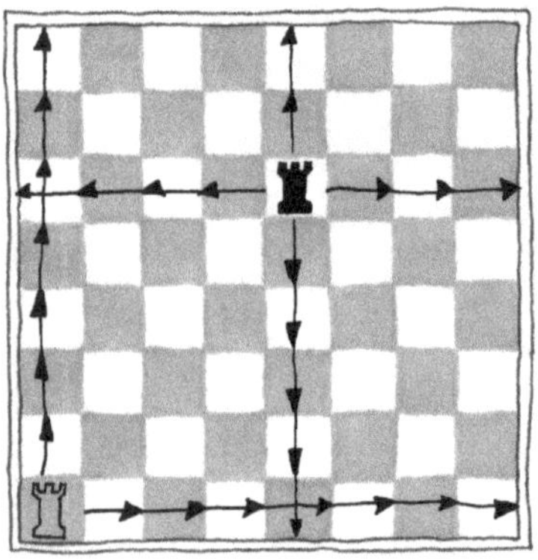

Sara, die neben der Königin auf der Freitreppe saß, fand den Anblick herrlich.
Die Hofdame schien schon begriffen zu haben, welche Rolle die Türme in dem Spiel übernehmen sollten. Verschmitzt sagte sie: «Das war wirklich genau geradeaus!»
Die Königin lächelte, aber die Türme merkten nicht, dass sie zum Narren gehalten wurden, und rollten begeistert ebenso gerade zur Seite. «Ja! Schaut nur, das können wir auch.»
Das fand die Königin großartig. «Ihr könnt also geradeaus nach vorne und zur Seite.»

Die Hofdame schmunzelte. «Sie können bestimmt auch wieder geradeaus rückwärts», sagte sie.
«Ja, genau. Vielen Dank», stimmten die Türme zu. «Und wir fahren so weit, wie wir können!»
Jetzt beginnt das Spiel wirklich Gestalt anzunehmen, freute sich die Königin. «Danke schön», sagte sie.

Sie musste sich nur noch etwas für die Soldaten ausdenken. «Sag mal, können wir nicht würfeln, wie weit diese Kerle laufen dürfen?», fragte die Hofdame. Sie mochte die Soldaten nicht, deshalb nannte sie sie ‹Kerle› und verzog dabei das Gesicht.
Aber Sara war gegen Würfeln. Mit einem Würfel musste man Glück haben, und das hatte sie nicht allzu oft.
Noch ehe die Königin antworten konnte, kamen die Soldaten auf den Hofplatz gestürmt. Sie hatten die Worte der Hofdame gehört. «Wir wissen schon selbst, wie weit wir gehen können!»
Die Königin nickte. «Sie haben Recht. Ich mag nicht würfeln bei diesem Spiel. Du weißt, dass der König dabei immer mogelt.»

Die Hofdame erinnerte sich an den Würfel mit lauter Sechsern und nickte. Ja, lieber ohne Würfel.

Die Soldaten stellten sich in zwei Reihen einander gegenüber. «Wir sind die Krieger, die den Feind gefangen nehmen werden. Wir haben es eilig!» Genau gleichzeitig standen sie stramm – das sah wirklich sehr eindrucksvoll aus – und machten einen großen Schritt vorwärts, sogar über zwei Felder. Jetzt standen sie so nah aufeinander, dass die Nasen der weißen und der schwarzen Soldaten sich fast berührten. Sie erschraken selbst darüber.
Soldat Cicero, der immer zu spät kam und überhaupt nicht gerne kämpfte, fand, dass er den Feind viel zu schnell erreicht hatte. Und Soldat Dirk war völlig einer Meinung mit ihm. Aber die anderen, allen voran Eduard, der sich als Anführer der Gruppe aufspielte, meinten, dass die Linien möglichst schnell vorrükken sollten, da sonst die Könige ungeduldig würden. Daraufhin fingen alle Soldaten an, gleichzeitig zu reden.
«Siehst du, diese Kerle können nichts, schon gar nicht etwas beschließen», sagte die Hofdame, die von dem Gezanke Kopfschmerzen bekommen hatte.
Es war Zeit einzugreifen. Die Königin pfiff durch ihre Finger, und die Soldaten waren schlagartig still.
«Wir legen fest, dass ihr beim ersten Mal zwei Schritte vorwärts machen dürft. Es muss nicht sein, es können ein oder zwei Schritte sein. Aber wenn ihr einmal losgegangen seid, dürft ihr nur noch einen Schritt machen. Ist das klar?»

Die Soldaten runzelten die Stirn. Das war kompliziert!
«Also nur das erste Mal dürft ihr zwei Schritte tun und dann nicht mehr. Danach nur noch einen», sagte die Hofdame noch einmal deutlicher. Ihre Königin war zwar sehr gescheit, aber das Erklären war nicht ihre Stärke, fand sie.
Jetzt nickten die Soldaten heftig und fingen an zu üben.
Plötzlich kamen der Hofdame Zweifel: «Warum

dürfen die Soldaten anfangs eigentlich zwei Schritte machen? Einer reicht doch wohl, oder?»

«Nein, natürlich nicht. Es ist sogar sehr schlau, wenn die Soldaten zwei Schritte vorwärts machen dürfen. Sonst dauert es viel zu lange, bis wir freie Bahn haben.»

Die Hofdame war tief beeindruckt. Ihre Königin konnte manchmal so unglaublich klug sein!

Der Ratsherr fand allerdings, dass das Spiel nun doch recht kompliziert wurde, und er hatte den Verdacht, dass auch Sara den Faden längst verloren hatte.

Aber Sara wusste noch genau, was sie sich alles überlegt hatten: Der König durfte einen Schritt machen und die Königin so weit laufen, wie sie wollte. Der Ratsherr und die Hofdame bewegten sich nur schräg, und die Pferde machten so seltsame Sprünge – ja, die Pferde waren lustig.

Dann waren da noch die Türme, das war einfach. Nur das mit den Soldaten war etwas verzwickt, aber da hatte die Königin Recht: Wenn die Soldaten am Anfang nur einen Schritt machten, würde es viel zu lange dauern, bis die Reihen dahinter sich auf den Weg machen konnten.

Der Mond schien in Saras Zimmer. Die Schachfiguren lagen über den ganzen Boden verstreut, und dazwischen lag Sara und schlief tief und zufrieden.

12

Es war Montagmorgen. Sara saß in der Küche und übte die Zwölferreihe, während ihre Mutter das Frühstück bereitete.

«Eins eins zwei, eins zwei. Zwei eins zwei, zwei vier. Drei eins zwei, drei sechs.» Sie brauchte kein einziges Mal im Heft nachzulesen.

«Was machst du?», fragte ihre Mutter.

«Ich lerne die Zwölferreihe.»

Die Mutter stellte einen Teller mit einem Marmeladebrot vor sie hin, und Sara fing sofort an, mit ihrem Messer die Marmelade vom Brot zu kratzen.

«Auch das Brot essen, Sara!»

Sara nickte, aber durch die Bewegung glitt die Marmelade von ihrem Messer und landete auf dem Schulheft.

«Die Zwölferreihe?» Saras Mutter verstand nichts.

«Ja, hör nur: Eins eins zwei, eins zwei.» Und Sara zeigte dabei auf die Zahlen 1 x 12 = 12. «Zwei eins zwei, zwei vier.» Jetzt zeigte sie auf die Zahlen 2 x 12 = 24.

«Himmel, ist das kompliziert!» Ihre Mutter brauchte lange, bis sie begriffen hatte, dass Sara nur die Ziffern vorlas.

«O nein, das ist ganz einfach. Victor hat es mir beigebracht.» Sara versuchte, mit einem Zipfel ihres Kleides den Fleck von dem Heft abzuwischen.

«Doch nicht mit deinem Kleid», sagte die Mutter und reichte ihr ein Geschirrtuch. «Ich finde ‹ein mal zwölf ist zwölf, zwei mal zwölf ist vierundzwanzig› viel einfacher.»

«Kann schon sein, ist aber nicht so lustig.» Sara legte das Geschirrtuch weg. Der Fleck war immer noch zu sehen.

Zum ersten Mal in ihrem Leben hatte Sara keine Angst davor, aufgerufen zu werden. Victor hatte sie abgehört, und es war witzig, dass niemand außer Victor und ihr wusste, was die vielen Zahlen bedeuten sollten.

An diesem Vormittag mussten sie wieder einen Aufsatz schreiben, dieses Mal über ein selbst gewähltes Thema. Sara hatte ihre Erlebnisse in dem Königreich beschrieben, in südafrikanischer Sprache, weil ihr das Spaß machte. Sie glaubte zumindest, dass es Südafrikanisch war.

Der Lehrer klatschte in die Hände.

Aha, die Zahlenreihen! Sara setzte sich kerzengerade hin.

«Hört mal, Kinder, bevor wir die Reihen abhören, möchte ich euch etwas erzählen. Etwas ganz Besonderes.»

Sara hörte kaum zu, so sehr war sie darauf erpicht zu zeigen, dass sie die Zwölferreihe konnte.

«Ihr wisst vielleicht, dass in der Stadt ein Schachturnier gespielt wird, nicht weit von hier», sagte der Lehrer.

«Ja, das Westend-Turnier», antwortete Mariette prompt.

Jetzt hörte Sara gebannt zu.

«Sehr gut. Und weißt du auch, Mariette, wie die beiden Schachspieler heißen?»

Sie nickte. «Ja, das weiß ich. Tom de Ruyter und ...»

«Bob Hooke», sagte Sara rasch.

«Richtig, Sara, Bob Hooke.» Der Lehrer wunderte sich, dass Sara es wusste. «Und jetzt kommt die Überraschung. Ich habe Bob Hooke gefragt, ob er nicht gegen die besten Spieler aus unserem Dorf ein Simultanturnier spielen möchte.»

Sara wusste nicht, was ein Simultandingsbums sein könnte, aber sie begriff, dass Leute aus ihrem Dorf gegen ihren Vater Schach spielen würden.

Der Lehrer erklärte, was ein Simultandingsbums war.

«Da sitzen viele Spieler in einer Reihe. Sie haben alle ein Schachbrett vor sich, und Bob Hooke geht an den Brettern entlang und spielt allein gegen alle anderen Schachspieler. Verstanden?»

Keiner in der Klasse hatte verstanden.

Mariette meldete sich. «Warum spielen wir gegen Bob Hooke? Ich finde Tom de Ruyter viel netter.»

«Ich nicht», sagte Sara empört.

«Still jetzt!» Der Lehrer schaute sich in der Klasse um. «Wer möchte gerne gegen Bob Hooke Schach spielen?»

Fast alle Kinder meldeten sich, Sara auch. Natürlich wollte Sara mitspielen. Sie sah, dass Victor auch seinen Finger gestreckt hatte und ihr fröhlich zugrinste.

«Ihr könnt nicht alle mitmachen, denn es wollen auch Kinder aus anderen Klassen und aus anderen Schulen mitspielen. Wer von euch kann denn schon Schach spielen?», fragte der Lehrer.

Viele Kinder ließen enttäuscht den Finger sinken. Aber Sara nicht.

«Kannst du schon Schach spielen?», fragte der Lehrer skeptisch.

Sara nickte.

«Na, das glaube ich nicht. Du hast doch gerade erst angefangen.»

Sara wollte ihm erzählen, dass sie zusammen mit der Königin das Schachspielen lernte und dass sie schon wusste, wo alle Figuren standen und was sie zu tun hatten, aber der Lehrer ließ sie gar nicht erst zu Wort kommen.

«Alle Kinder, die Schach spielen können, dürfen Ende der Woche gegen mich spielen», entschied er. «Und die Besten dürfen dann an dem Turnier mit Bob Hooke teilnehmen. Einverstanden?»

Sara streckte ihren Finger noch höher. Sie wollte unbedingt mitmachen.

Der Lehrer sah es und amüsierte sich darüber, dass sie so hartnäckig war.

«Nun Sara, du hast den Finger so hoch oben, dann lass mal die Zwölferreihe hören.»

Sara zuckte zusammen. Sie war dran und wusste nicht …

Aber Victor nickte ihr aufmunternd zu.

Ach ja, die Zwölferreihe, die konnte sie ja!

«Eins eins zwei, eins zwei. Zwei eins zwei, zwei vier», sagte sie stolz.

Die Kinder in der Klasse fingen an zu kichern.

Sara fuhr unbeirrt fort: «Drei eins zwei, drei sechs …»

Der Lehrer runzelte die Stirn.

«Vier eins zwei, vier acht.»

Das Lachen in der Klasse wurde immer lauter.

Sara setzte sich gerade und kämpfte gegen den Lärm an. «Fünf eins zwei, sechs null.»

«Das reicht, Sara. Hör auf mit dem Unsinn!»

«Sechs eins zwei, sieben zwei.» Sara war so glücklich, dass sie es behalten hatte, jetzt sollten es auch alle hören.

«Ja ja, sehr witzig. Hör auf damit!»

Victor merkte wohl, dass der Lehrer nicht begriff, was Sara meinte. «Es stimmt aber doch», sagte er.

Aber der Lehrer wollte gar nicht wissen, ob es stimmte. Es ähnelte gar nicht der Zwölferreihe, die er der Klasse beigebracht hatte.

«Mariette, lass du mal hören.»

Mariette fing sofort an. «Einmal zwölf ist zwölf. Zweimal zwölf ist vierundzwanzig», leierte sie herunter.

«Dreimal zwölf ist sechzigtausend Kacke Pisse Mist», klang es hinter ihr.

Mariette drehte sich um und sah in Saras wütendes Gesicht.

«Viermal zwölf ist dreitausend fünfhundert Scheiße!», rief Sara schrill.

«Sara, verlass sofort die Klasse!», befahl der Lehrer.

Nichts wollte Sara lieber tun. Und sie würde auch niemals, niemals wiederkommen! Mit großen Schritten stampfte sie durch die Klasse. Die Kinder johlten.

«Ruhe!», mahnte der Lehrer.

Sara knallte die Tür so laut zu, wie sie nur konnte. Victor war der Einzige, der es nicht lustig fand.

Sara rannte davon und wollte nie mehr wiederkommen, nie mehr! Aber schon draußen auf dem Flur wusste sie nicht, wo sie hinlaufen sollte. Nach Hause wollte sie nicht, zu ihrer Mutter in den Friseurladen konnte sie nicht gehen, und draußen auf der Straße war es langweilig.

Sie setzte sich an einen kleinen Tisch auf dem Flur und sah aus dem Fenster. Dann und wann stand sie auf und spähte durchs Schlüsselloch in das Klassenzimmer.

Der Lehrer stand vorne an der Tafel und fragte die Kinder ab. Alle schienen sie vergessen zu haben, Victor bestimmt auch. Sara wusste nicht, ob der Lehrer sie jemals wieder in die Klasse hereinrufen würde, aber es war ihr gleichgültig.

Die Königin würde es gewiss auch ärgerlich finden, wenn sie nicht an dem Simultanturnier teilnehmen durfte. Oder meinte die Königin etwa …

Sara hatte schon eine ganze Weile an dem Tisch gesessen, als die Kinder aus der Klasse kamen. «Sara Kacke Pisse Mist! Sara Kacke Pisse Mist!», schrien sie lachend.

Sara hielt sich die Ohren zu. Victor wollte sich zu ihr an den Tisch setzen, aber der Lehrer rief sie ins Klassenzimmer. Er gab ihr den Aufsatz zurück, den sie am Morgen geschrieben hatte.

«Ich habe einen Blick hineingeworfen, Sara. Er strotzt vor Fehlern, fast noch mehr als das vorige Mal. Manches konnte ich nicht einmal lesen.»

«Das ist Südafrikanisch.»

Der Lehrer zog verwundert die Augenbrauen hoch.

«Ich möchte auch Schach spielen», sagte Sara kleinlaut.

«Schach? Wie willst du denn Schach spielen, wenn du die simpelsten Sachen hier in der Schule nicht lernen kannst? Das siehst du doch wohl selbst ein?»

«Ich möchte aber mitspielen», erwiderte Sara trotzig.

«Du meinst gegen Bob Hooke?»

Sara nickte.

«Ach was, Sara, das ist nicht dein Ernst. Du hast eben erst angefangen, Schach zu spielen, und jetzt willst du schon an einem Turnier teilnehmen. Das ist viel zu schwer für dich. Weißt du was, wenn du dir in der Schule mehr Mühe gibst, werde ich dir das Schachspielen beibringen, ja?»

Aber Sara wollte gar nicht, dass der Lehrer es ihr beibrachte, und fragte nur: «Darf ich nicht an dem Schachturnier teilnehmen?»

Der Lehrer gab auf. «Nein, du darfst nicht an dem Turnier teilnehmen.» Er wandte sich ab und fing an, die Tafel zu putzen.

Sara verließ die Klasse.

An diesem Morgen hatte Victors Vater am Kiosk gelesen, dass ein Schachsimultanturnier stattfinden sollte, an dem die besten Spieler des Dorfes teilnehmen konnten. Das ist doch etwas für Victor und Sara, dachte er.

«Hier! Das habe ich für euch mitgebracht.» Er schob ihnen das Anmeldeformular zu.

Victor und Sara machten ein betretenes Gesicht.

«Der Lehrer hat gesagt, dass Sara nicht teilnehmen darf, weil sie schlechte Noten hat», sagte Victor und schob das Formular zur Seite.

Eigentlich fand Sara, dass der Lehrer Recht hatte. Schach spielen war sehr schwer, und sie hatte niemals gute Noten. Außerdem würde ihre Mutter es nicht erlauben. Sie stand auf und griff nach ihrer Schultasche.

Plötzlich schlug Victors Vater mit der flachen Hand auf den Tisch.

Erschrocken blieb Sara stehen.

«Was haben denn Schulnoten mit Schachspielen zu tun?», wetterte er. «Sara, ich dachte, du möchtest Schach spielen lernen. Das wolltest du doch?» Es war schon lange her, dass Victor seinen Vater so wütend erlebt hatte.

«Ja, aber ich ...», stotterte Sara.

Victors Vater stand auf. «Kein Aber! Zeig mir mal, wie weit du in dem Buch gekommen bist.»

Sara öffnete gehorsam ihre Schultasche und holte das Buch von der Königin hervor. Während sie darin blätterte, erlebte sie wieder alles, was in dem Königreich vor sich gegangen war. Sie zeigte Victors Vater, wo sie stehen geblieben war.

«Bist du schon so weit! Dann kennst du ja schon alle Züge.»

Sara nickte erwartungsvoll.

Er schob ihr das Schachbrett zu. «Komm, wir wollen eine Partie spielen.»

Eine Partie? Aber sie hatte doch noch nie eine Partie gespielt ...

«Sara, willst du es jetzt lernen oder nicht?»

Sie nickte stumm.

«Komm, du spielst mit den weißen Figuren», sagte er.

Sara fühlte sich plötzlich ganz ruhig, wie damals, als Victors Vater den Lehrer nicht verstanden hatte.

Victor hing über dem Tisch und verfolgte gespannt die Partie, die Sara mit seinem Vater spielte. Er merkte bald, dass sie viel besser spielte, als er gedacht hatte.

13

Sara hatte ihre erste Partie Schach gespielt! Und sie hatte auch noch recht gut gespielt, behauptete Victors Vater. Am liebsten hätte sie es laut hinausposaunt. Aber das war ja nicht möglich. Doch ... der Königin wollte sie es erzählen!

Als sie nach Hause kam, rannte sie gleich die Treppe hinauf.

«Sara, komm mal her.» Aus dem Wohnzimmer kam die Stimme ihrer Mutter. Dort saß sie nachmittags nie, außer wenn Besuch da war.

Sara ging wieder hinunter.

«Kommst du bitte. Ich verstehe das nicht ganz.»

Die Mutter drückte sich gewählt aus, wie sie es sonst nur gegenüber den Kunden im Laden tat.

Sara erstarrte auf der Türschwelle.

«Guten Tag, Sara», sagte der Lehrer freundlich aus dem großen Stuhl heraus, in dem normalerweise ihr Großvater saß.

Ihre Mutter hatte die schönen Tassen geholt und schenkte Tee ein.

«Ich mache mir große Sorgen um dich, Sara, das kannst du mir glauben.»

Der Lehrer nahm die Teetasse, tat etwas Zucker hinein und rührte bedächtig um.

«Dein Lehrer hat mir soeben erzählt, dass er dir Nachhilfe geben will. Davon wusste ich ja gar nichts», sagte die Mutter.

«Ich bekomme doch schon Nachhilfe», wehrte Sara ab.

«Wie ist es denn dann möglich, dass du die Schulaufgaben wieder nicht gemacht hattest?»

«Ich hatte sie gemacht!» Sara machte einen kleinen Schritt ins Zimmer hinein. Weiter wollte sie nicht gehen.

«Hilft Victors Vater dir nun bei den Hausaufgaben oder nicht?», fragte die Mutter streng.

Natürlich half Victors Vater ihr nicht bei den Hausaufgaben, wenigstens nicht so, wie der Lehrer es verlangte. Aber Sara wollte keine Nachhilfestunden. Sie fand den Unterricht von Victors Vater viel viel schöner als den ganzen dummen Unterricht in der Schule.

«Sara!», drang ihre Mutter in sie.

«Ja, schon», brachte Sara mit Mühe heraus.

«Mir wäre es lieber, wenn dein Lehrer dir helfen würde. Er weiß genau, was du lernen solltest.» Ihre Mutter lächelte dem Lehrer zu.

O nein!, dachte Sara entsetzt.

Der Lehrer fand es an der Zeit, sich einzuschalten. «Es ist wirklich besser so, Sara», sagte er geduldig, wie wenn er ihr in der Klasse etwas erklären wollte. «Victors Vater ist vielleicht gescheit, aber er ist kein Lehrer.»

Sara schwieg. Sie wartete nur darauf, dass sie nach oben in ihr Zimmer gehen durfte.

Der Lehrer trank wieder einen Schluck Tee und wandte sich an die Mutter. Sie schien mit allem einverstanden zu sein. «Ich habe schon vorgeschlagen, dass ich Sara, wenn sie ihr Pensum nachgeholt hat, das Schachspielen beibringen werde.»

Die Mutter erstarrte und sah den Lehrer entgeistert an. Schach spielen? Sie setzte die Tasse geräuschvoll ab. «Schach spielen? O nein. Das scheint mir restlos überflüssig», sagte sie.

Und Sara merkte, dass Schachspielen für sie noch schlimmer war, als schlechte Noten zu bekommen und Hausaufgaben nicht zu machen.

Der Lehrer war erschrocken. Sie reagierte ja so, als ob er Sara das Rauchen oder sonst etwas Schreckliches beibringen wollte. «Aber … Das ist keine Belastung für mich, und ich dachte, da sie ja schon damit angefangen hat …»

«Sara lernt gar nicht Schach spielen. Das haben Sie bestimmt falsch verstanden», sagte die Mutter scharf. Sie drehte sich zu Sara um. «Geh schon mal hinauf. Ich komme gleich zu dir.»

Sara verließ das Zimmer und stieg die Treppe hinauf. Sie ging jetzt viel langsamer als vorhin.

Der Lehrer brach das Schweigen, stellte seine Teetasse auf den

Tisch und sagte: «Jeden Nachmittag ein Stündchen, das sollte reichen. In ein paar Wochen müsste sie dann vieles nachgeholt haben.»

«Oh, das ist sehr freundlich von Ihnen», hörte Sara ihre Mutter sagen.

Dann verließ der Lehrer das Haus, und die Mutter kam zu ihr. Sie war sehr böse, vor allem, weil Sara nicht erzählt hatte, dass sie bei Victor Schach spielte, anstatt Hausaufgaben zu machen.

«Ich möchte nicht, dass du Schach spielst, Sara. Nicht, bevor du ein ordentliches Zeugnis nach Hause bringst. Habe ich mich deutlich genug ausgedrückt?»

Sara antwortete nicht. Das mit dem guten Zeugnis würde sie ja doch nie schaffen.

«Und ich halte es für besser, wenn du eine Zeit lang nicht mit Victor spielst.»

Sara verkroch sich unter ihrer Decke. Sie wollte nichts mehr hören.

Ihre Mutter machte das Licht aus und verließ das Zimmer.

Ich möchte nicht, dass du Schach spielst, Sara. Habe ich mich deutlich genug ausgedrückt? Die Worte ihrer Mutter gingen ihr immer wieder durch den Kopf. Warum um alles in der Welt durfte sie das nicht, warum nur? Sara gab sich Mühe, es zu begreifen, so wie sie sich in der Schule mit den Rechenaufgaben mühte.

Normalerweise hörte sie immer auf ihre Mutter, aber Victors Vater hatte gesagt, dass sie ruhig Schach spielen lernen solle und dass Schach nichts mit Schulnoten zu tun habe.

Sie sehnte sich nach der Königin. Dann konnte sie ihr wenigstens erzählen, dass die Spielregeln, die sie sich ausgedacht hatten, richtig waren.

Sara holte das Schachbrett unter ihrem Bett hervor. Vorsichtig stellte sie die Königin auf die Fensterbank.

Draußen war es dunkel geworden.

Sara starrte auf die Königin.

«Ah, wie gut, dass du da bist!», sagte die Königin und kam freudestrahlend auf sie zu.
Sara war wieder in dem Königreich. Auch hier war der Abend schon hereingebrochen. Der Mond schien in den Innenhof.
So sehr freute sich die Königin über Saras Kommen, dass sie gar nicht bemerkte, wie niedergeschlagen Sara dreinblickte. Sie nahm sie an der Hand und zog sie in die Mitte des Platzes.
«Leute, Sara ist wieder da!»
Anscheinend hatten alle nur auf sie gewartet, denn jetzt stellten sich alle jauchzend und applaudierend auf ihre Ausgangsplätze.
Die Königin drehte sich munter zu Sara um und sagte: «Ich bin wirklich sehr froh, dass du da bist. Sonst hätte ich nicht gewusst, wie wir unsere erste Partie hätten spielen sollen.»
Sara berichtete, dass sie am Nachmittag gegen Victors Vater gespielt hatte und dass die Regeln, die die Königin sich ausgedacht hatte, alle stimmten.
Die Königin war überglücklich. «Das haben wir prima gemacht, nicht wahr?», sagte sie ausgelassen. «Oh, du bist doch großartig. Kind, Kind!» Und dann tat die Königin etwas, was sie noch nie vorher getan hatte: Sie küsste Sara mir nichts, dir nichts auf die Wange.

Auf einmal fühlte Sara sich nicht mehr so traurig.

14

Bevor die Untertanen der beiden Reiche ihre erste Schachpartie anfingen, wollte der Ratsherr gerne etwas sagen. Er hatte eine Neuigkeit parat.

Stolz zeigte er zwei große Rollen Pergamentpapier. Auf der einen standen Buchstaben, auf der anderen Zahlen. Mit diesen beiden Rollen könne er allen Platten auf dem Innenhof einen Namen geben, behauptete er.

Alle starrten ihn zweifelnd an.

Um seine Behauptung zu demonstrieren, rollte der Ratsherr die beiden Papierstreifen aus und legte sie auf den Boden. Die Rolle mit den Buchstaben legte er hinter das Königspaar, und die Rolle mit den Zahlen legte er an die Seite des Spielfeldes.

Er hatte die Anfangsbuchstaben von den Namen der Soldaten genommen: das a von Soldat Appie, das b von Bertje, das c von Cicero, das d von dem lieben und langsamen Soldaten Dirk, das e von Eduard, der es immer so eilig hatte, das f von Ferdinand, das g von Gerrit, dem Angsthasen, und das h von Soldat Hendrik, der so oft auf seinen Speer gelehnt einschlief.
Die Zahlen von 1 bis 8 verliefen einfach an der Seite entlang von der Reihe, in der der weiße König stand, bis zu der Reihe, in der der schwarze König stand. Es waren acht Reihen, das stimmte also genau. Jetzt hatte jede Platte einen Namen. Von a1 bis h8. Das konnten alle klar erkennen. Der Ratsherr erläuterte, wie geschickt das war, vor allem, wenn der weiße König unerwartet auftauchen sollte. Dann mussten sie ja alle eiligst verschwinden und hatten keine Zeit, sich zu merken, wo sie gestanden hatten. Mit den Zahlen und den Buchstaben brauchten sie sich nur die eigene Platte zu merken. Und wenn dann weiter gespielt wurde, konnten sie so ihren Platz wieder finden.

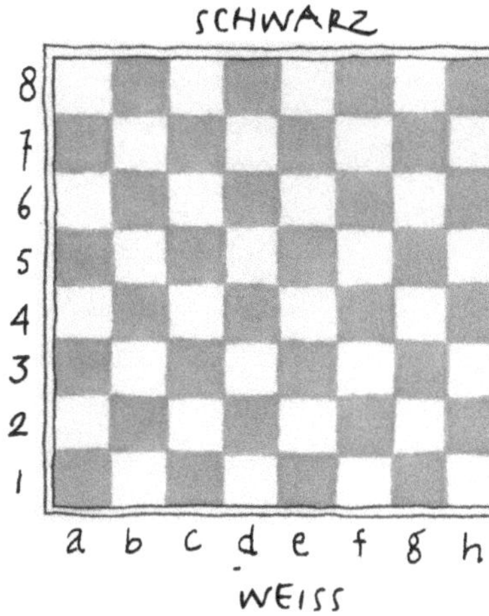

Stolz blickte der Ratsherr um sich. Jetzt mussten sie doch alle zugeben, dass er ungeheuer gescheit war!
Das hätten sie ja auch getan, wenn der Ratsherr nicht so oft behauptet hätte, dass ihm das Spiel nicht gefiel. Und nun gönnten sie ihm das Lob nicht mehr. Die Königin erklärte, dass sie nichts verstanden habe, und auch die anderen sagten, das sei alles Unsinn, von den vielen Zahlen und Buchstaben werde ihnen nur schwindelig.
Der Ratsherr war fassungslos. Das waren ja lauter Hohlköpfe um ihn herum. Beleidigt ging er an seinen Platz und beschloss, der Königin nie und nimmermehr zu helfen.
Zum Glück blieben die Streifen mit den Zahlen und Buchstaben liegen, so dass jeder sich heimlich vergewissern konnte, auf welcher Platte er stand.

Der weiße Turm, hinter Soldat Appie, stand auf a1, die weiße Hofdame, hinter Soldat Cicero, auf c1, während Soldat Cicero selbst auf c2 stand.

Sara stieg die große Treppe hinter dem schwarzen Heer hinauf. Von der obersten Stufe aus konnte sie den ganzen Innenhof überblicken. Auch sie sah jetzt, dass alle Platten einen Namen hatten. Das war wirklich äußerst geschickt! Jetzt konnten sie anfangen.

Ob das Spiel gelingen würde?, fragte sich die Königin. Die Hofdame kicherte. Das tat sie immer, wenn sie nervös war. Der Ratsherr hatte sich seine Meinung schon gebildet. Und der eilige Soldat Eduard stand wie immer auf dem Sprung.

«Was jetzt?», fragte er.

«Jetzt dürfen wir den ersten Schritt machen», sagte der Ratsherr spitz.

Da meldete sich prompt der schwarze König: «Darf ich fragen, warum ihr den ersten Schritt machen dürft?»

«Weil unsere Königin das Spiel ausgedacht hat natürlich!», konterte der Ratsherr.

Zum Glück sah der schwarze König das ein. Er hatte bis jetzt wirklich nicht viel dazu beigetragen.

Sara musste lachen. Sie stritten sich schon, noch ehe das Spiel richtig angefangen hatte.

Inzwischen hatte sich die weiße Königin auf die Freitreppe hinter dem weißen Heer gesetzt. Sie schaute hinab auf ihre Leute, die dort säuberlich aufgereiht standen und warteten.

*1.) d2-d4, …** «Gut, Soldat Dirk. Du gehst jetzt von … also von … d2 nach d4», befahl sie freundlich.

Der Ratsherr stellte verblüfft fest, dass die Königin seine Erfindung also doch verstanden hatte. Schelmisch sah sie ihn an. Ach, da hatte sie ihn doch einfach zum Narren gehalten. Aber wie schön sie war, seine Königin! Er konnte ihr nicht lange böse sein.

* So werden die Züge einer Schachpartie aufgeschrieben.
Siehe die Erklärung Seite 170/171.

Soldat Dirk tat beherzt zwei Schritte nach vorne und landete mutterseelenallein mitten auf dem Spielfeld; nichts und niemand schützte ihn. Er fühlte sich sehr unbehaglich.
Danach war das schwarze Heer am Zug. Hilflos sah sich der schwarze König nach seiner Frau um. «Was soll ich tun?»
«Vielleicht angreifen?» Das kann ja nie schaden, dachte sie.
Aber das war leichter gesagt als getan. Der schwarze König begann nachzudenken, und alle wussten, dass es jetzt sehr lange dauern konnte.
Da fragte Sara schüchtern, ob sie vielleicht dem schwarzen Heer helfen dürfe.
Der schwarze König war sofort einverstanden, und die anderen atmeten erleichtert auf.
Sara wusste genau, was sie zu tun hatte. Sie wollte für die schwarze Hofdame und ihre schwarze Königin Platz schaffen.
«Soldat David von d7 nach d5», befahl sie, als hätte sie ihr Leben lang nichts anderes getan. *1.) …, d7-d5*
Soldat David machte zwei Schritte vorwärts und stand direkt vor Soldat Dirk. David, der sehr scharfsinnig war, erriet sofort, dass er jetzt nicht mehr weiterkam, und dass die anderen ihn überholen würden. Es war aber doch seine Aufgabe, das feindliche Heer aufzuhalten, oder etwa nicht?

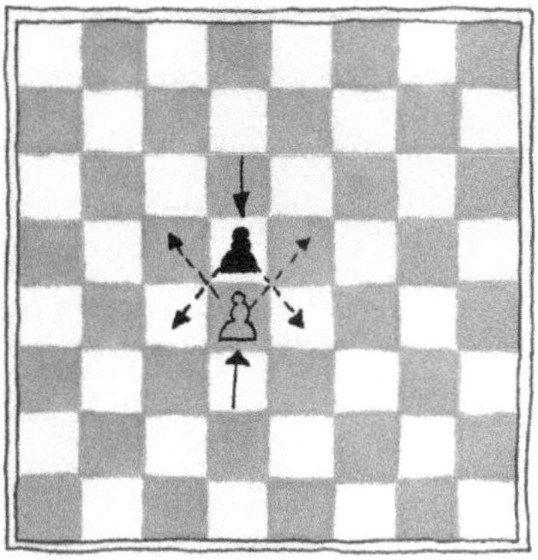

«Ich finde es blöde, dass wir nur geradeaus dürfen», sagte er beleidigt.
Die weiße Hofdame lief die Freitreppe hinauf zu der Königin und sagte: «Seht ihr, Majestät, wir hätten die Soldaten nicht mitspielen lassen sollen. Das gibt nur Theater. Sie wollen immer etwas anderes.»
Aber die Königin fand, dass der Soldat Recht hatte. «Weißt du was?», sagte sie. «Wenn jemand dir schräg gegenübersteht, darfst du ihn gefangen nehmen, aber eben nur, wenn er dir schräg gegenübersteht.»
Soldat David war einverstanden. So konnte er sein Reich wenigstens verteidigen.

«Wie bitte? Darf ich ihn gefangen nehmen?», rief Soldat Dirk, der eben aus seinen Träumen erwachte.
Die Hofdame wäre fast geplatzt. Konnte dieser Trottel denn nicht aufpassen?
Auch der Ratsherr schaute genervt um sich. «Nein, natürlich nicht. Dieser Soldat steht dir doch genau gegenüber. Du darfst nur jemanden gefangen nehmen, der schräg vor dir steht, du Narr.»
Alle seufzten. Wie dumm dieser Dirk doch war!
Nur Sara und die Königin lächelten ihm aufmunternd zu, denn sie wussten, dass er für seine Verschlafenheit doch nichts konnte.

«So, jetzt sind wir wieder an der Reihe.» Der Ratsherr wollte weiterspielen.
Da fing das Pferd Karel heftig an zu winken. Es wollte einen Vorschlag machen. «Lasst mich ziehen, dann werde ich den Soldaten David auf d5 angreifen!»
Natürlich hörten das alle, auch David, der schwarze Soldat.

2.) S b1-c3, ...

Die Königin nickte. «Recht so. Du darfst von b1 nach c3», sagte sie freundlich.
Stampfend vor Aufregung sprang Pferd Karel los, zuerst über Soldat Bertje hinweg und dann zur Seite. Es landete doch noch recht gewandt auf c3 und schaute den schwarzen Soldaten David herausfordernd an.
Der verstand gar nicht, was da vorging. Das dämliche Pferd stand doch noch meilenweit von ihm entfernt.
«Wieso greifst du mich an?», fragte er.

«Siehst du wohl, er merkt gar nicht, wie gefährlich wir sind», freute sich Pferd Karel.
Aber der weiße Soldat Dirk hatte die Lage plötzlich begriffen. «Einmal gerade und einmal schräg und hops, dann nimmt er dich gefangen!», rief er strahlend. Da erst kapierte auch David. Hilfe!
«Pferd Kim von b8 nach c6», sagte Sara. *2.) ..., S b8-c6*
«Angriff ist manchmal die beste Verteidigung», erläuterte der Ratsherr. «Schaut nur, sie greift Soldat Dirk auf d4 an. Wenn wir nun ihren Soldaten David gefangen nehmen, nimmt sie Dirk gefangen. Schlau ausgedacht!»
Die schwarze Stute Kim war drauf und dran, den Sprung ihres Lebens zu machen, als ein Lakai des Königs auf der Freitreppe erschien. Er blies die Trompete. «Der König!»
«Macht, dass ihr wegkommt!», rief die weiße Königin erschrocken. Die Spieler stoben nach allen Seiten auseinander.
Der Ratsherr genoss die Situation, denn nun wusste nachher wenigstens jeder, auf welchem Platz er gestanden hatte, wenn weitergespielt wurde.

Da war der weiße König auch schon. Das schwarze Königspaar und ihre Untertanen konnten das große Hoftor nach außen nicht mehr erreichen und kauerten sich in einer dunklen Ecke zusammen, in der Hoffnung, dass er bald wieder verschwinden werde.
Der König stieg stolz die Freitreppe hinunter, und seine Waffen klirrten. Der schwarze König fasste seine Frau an der Hand, und die Soldaten bildeten einen schützenden Kreis um die beiden.
Die Hofdame fing wieder an, nervös zu kichern, und der König, der von oben bis unten mit Lanzen, Harpunen und einer Armbrust behangen war, sah sie wütend an. «Was gibt es hier zu lachen?», fragte er drohend. Er war gekommen, um seine Kriegsausrüstung zu zeigen, und nicht, um belächelt zu werden. Deshalb drehte er sich nach seiner Frau um, der Königin, und plusterte sich auf, um noch eindrucksvoller auszusehen. Die Hofdame machte sich ganz klein. Da erblickte der König Sara, oben auf der Treppe. Er griff nach seiner Lanze. Wer war das?
♕ Die Königin stellte sich schützend vor sie hin.

15

Der König ging auf Sara zu. Seine Waffen klirrten bei jedem Schritt. Er blieb vor ihr stehen und betrachtete sie eingehend. Noch nie hatte er ein echtes Menschenkind gesehen. Sie hatte schöne dunkle Augen, fand er. Er ließ seine drohende Haltung fahren.

«Du, die ist ja schrecklich klein», sagte er zu seiner Frau.

«Sie ist meine Freundin.»

«Na ja, meinetwegen. Aber klein ist sie trotzdem.» Er meinte es gar nicht so böse.

«Sie ist klein, aber sehr gescheit», sagte die Königin.

«Morgen werde ich einen Krieg anfangen!», sagte der König stolz zu Sara. Er hatte gehört, dass die Menschen liebend gerne Krieg führten.

«O jemineh», sagte die Königin. Morgen schon? Wie die Zeit verging.

«Warum sagst du jetzt ‹O jemineh›?»

«Habe ich ‹o jemineh› gesagt?», fragte die Königin in aller Unschuld.

«Ja, du hast ‹o jemineh› gesagt.» Der König fand, dass er keine Zeit für solches Geplänkel hatte. Er hatte vor, einen Krieg zu führen, und es musste noch viel vorbereitet werden. Zuerst seine Rüstung.

«Sag mal, liebe Frau, wie findest du meine Bekleidung?» Er paradierte über den Innenhof, damit seine Frau ihn besser betrachten konnte. Die Königin sah die Lanzen, die Harpune, die Armbrust und den Schild, den er sich umgehängt hatte. Sie fand, dass er gefährlich aussah, aber doch auch ein bisschen täppisch. Plötzlich blieb der König stehen und spähte in eine Ecke. Was war das da, im Dunkeln? Sah er recht? Da stand wahrhaftig das schwarze Königspaar mit seinem Gefolge. War das die Möglichkeit?

«Was macht denn ihr hier?»
Der schwarze König fühlte sich ertappt. Er nahm seinen ganzen Mut zusammen und machte einen Schritt vorwärts ins Licht.
«Guten Abend, Kollege, wir wurden eingeladen, um …»
Noch ehe er ausreden konnte, fuhr die weiße Königin dazwischen. «Sie wollten dir Erfolg wünschen zu deinem Krieg», sagte sie rasch.
Jetzt kapierte der schwarze König gar nichts mehr. Sie waren doch gerade dabei, ein Spiel auszudenken!
Auch der weiße König traute seinen Ohren nicht. Er war sich ganz sicher, dass er angekündigt hatte, gerade gegen das schwarze Reich seinen Krieg führen zu wollen. Aber er konnte wohl von seiner Frau nicht erwarten, dass sie sich an solche wichtigen Staatsangelegenheiten erinnerte … Liebevoll wink-

te er ihr zu. «Ich werde mit ihnen Krieg führen. Sie sind der Feind!», erklärte er geduldig.

Die Königin wusste nicht, was sie dazu sagen sollte. Die Gedanken wirbelten durch ihren Kopf. «Aber das ist doch erst morgen. Morgen wolltest du Krieg führen», sagte sie schließlich.

Ach ja, das stimmte, daran hatte er nicht mehr gedacht. Er hätte seiner Frau einen Kuss geben wollen, wenn nur nicht die anderen alle herumgestanden wären ...

«Also gefällt dir mein Aufzug?», sagte er stattdessen.

«Ich meine, du kannst dich darin nicht so gut bewegen. Ich würde etwas weniger anlegen.»

Da hatte sie Recht. Der weiße König nickte. Ohne seine Frau wäre er nicht so glücklich, vor allem deshalb, weil sie ihm erlaubte, Krieg zu führen. Er hatte sie von Herzen lieb. Und der Gedanke stimmte ihn traurig, dass er morgen ...

«Vielleicht siehst du mich nie wieder. Vielleicht komme ich in dem Kampf um!», sagte er dramatisch.

Tröstend sagte die weiße Königin: «Aber mein Lieber, du brauchst gar nicht Krieg zu führen.»

«Doch, doch! Es ist meine königliche Pflicht, zu kämpfen.»

Plötzlich hatte er eine glänzende Idee. Er ging zu dem schwarzen Königspaar und rief lauthals: «Ich fordere euch heraus! Morgen, Punkt fünf Uhr, werden wir um unser Land kämpfen.»

Der Ratsherr verzog das Gesicht. «Aber Majestät, ist das denn vernünftig? Gesetzt den Fall, dass wir verlieren ...»

Der König warf ihm einen strafenden Blick zu. «Wir werden nicht verlieren, und wenn wir gewinnen, haha, dann besitzen wir ein großes Reich!» Wieder wandte er sich an den schwarzen König. Es wurde still auf dem Hof.

«Einer von uns wird sterben müssen!», brüllte der weiße König. Seine Stimme hallte zwischen den Mauern des Schlosses wider. Bis weit hinaus in das Land war sie zu hören.

Ein Raunen lief durch die Reihen: sterben!

Dann drehte sich der König schwungvoll um – soweit das mit den vielen Waffen möglich war – und schritt die Treppe hinauf.

Eine Weile wagte niemand etwas zu sagen. Dann begab sich der schwarze König zu der weißen Königin. Er fühlte sich betrogen. Sie hatten doch ausgemacht, dass sie ein Spiel spielen würden, und jetzt erklärte der weiße König ihm den Krieg.
«Ich dachte, wir würden uns freundschaftlich unterhalten», sagte er.
«Das wollen wir auch. Wir haben ja das Spiel.»
Aber der schwarze König war da nicht so ganz überzeugt.
Auch der weiße Ratsherr hatte seine Zweifel. Er nahm die Königin zur Seite. «Das Spiel ist noch lange nicht fertig, und ob es dann unserem König gefallen wird …? Ich fürchte, dass wir uns auf einen Krieg gefasst machen müssen.»
«Nein!», rief die Königin entschieden. Zum ersten Mal seit Jahren hätte sie am liebsten mit dem Fuß aufgestampft, stattdessen aber stieg sie würdevoll einige Stufen die Treppe hinauf. Sie wollte zu ihren Untertanen sprechen.
«Ihr habt es alle gehört. Morgen, wenn die Uhr fünf schlägt, ist der große Augenblick gekommen. Der König wird keinen Krieg führen, weil wir etwas viel Schöneres ausgedacht haben.»
Die Pferde, die ganz vorne standen, nickten heftig.
«Seid ihr alle bereit mitzuspielen?», fragte die Königin feierlich.
Sogleich warfen die Pferde ihre Hufe in die Luft, die Soldaten schwenkten ihre Lanzen, und fast alle riefen lauthals: «Ja!»
«Und freut ihr euch darauf?» Die Königin ließ sich nun selbst mitreißen. Auch die weißen und schwarzen Hofdamen und Ratsherren, die sich sonst zu fein waren, um mit der Masse zu schreien, riefen lauthals: «Ja!»
«Wir werden gewinnen, auch wenn es Verluste gibt!»
Was sollte denn das heißen? Das verstanden sie nicht und schrien deshalb einfach: «Lang lebe die Königin!»
«Ach Leute, nicht so übertreiben», sagte die Königin verlegen.
Da schrien sie noch lauter: «Lang lebe die Königin!»
Die schwarze Königin strahlte, denn sie fühlte sich auch mit einbezogen.
Dann wandte sich die weiße Königin an Sara. «Du kommst doch auch? Morgen um fünf Uhr?»

Sara nickte. Selbstverständlich würde sie morgen um fünf Uhr da sein.
Die Königin lächelte. «Das ist gut, denn niemand kennt die Regeln so gut wie du. Willst du dem König das Spiel erklären?»
Wieder nickte Sara.
«Abgemacht», sagte die Königin erleichtert.

16

Sara durfte an dem Schachunterricht in der Schule nicht teilnehmen. Sie hatte zu schlechte Noten. Während der Schachstunden musste sie im Klassenzimmer sitzen und Arbeiten nachholen, Aufgaben aus dem Erdkundebuch machen.

Es fiel ihr schwer, nicht nach den Brettern auf den anderen Tischen zu schielen, aber jedes Mal, wenn sie es versuchte, rief der Lehrer: «Sara!»

Mariette spielte auch Schach, und Sara hörte, wie sie dem Lehrer erzählte, dass sie jetzt jeden Abend gegen ihren Vater spielte und dass sie gestern sogar gewonnen hatte.

«Na, wenn du morgen auch gegen mich so gut spielst, dann darfst du am Samstag gegen Bob Hooke spielen», sagte der Lehrer freundlich.

Mariette strahlte.

Sara wollte natürlich auch zeigen, dass sie Schach spielen konnte. Die Königin hatte gesagt, dass sie gut spielte, und Victors Vater auch. Vielleicht nachher, wenn sie mit ihren Aufgaben fertig war.

Aber am Schluss des Unterrichts war es schon halb fünf, und Sara war um fünf Uhr mit der Königin verabredet. Es blieb ihr also keine Zeit mehr. Sie packte ihre Sachen in die Schultasche und wollte Victor gerade erzählen, was sie gestern im Königreich alles erlebt hatte, als der Lehrer fragte: «Sara, wohin gehst du?»

«Nach Hause», antwortete sie ahnungslos.

«Und die Nachhilfe? Du hast doch noch Nachhilfeunterricht.»

Nachhilfe? Ach ja, ihre Mutter hatte gestern mit dem Lehrer Nachhilfestunden ausgemacht. Sie war aber doch mit der Königin verabredet!

Sara biss sich auf die Lippen und schaute auf die Uhr: Es war schon sieben Minuten nach halb fünf. Sie hörte wieder, wie die Königin fragte: «Du kommst doch auch? Morgen um fünf Uhr?»

Wie dumm von ihr, die Nachhilfestunde zu vergessen.

Der Lehrer schrieb einige Rechenaufgaben an die Tafel und drehte sich dann zu ihr um.

«Wenn du fleißig bist, will ich nachher testen, ob du gut genug Schach spielst, um an dem Turnier teilzunehmen. Einverstanden?»

Ja, das war ihr recht. Und wenn sie schnell war, konnte sie auch noch pünktlich bei der Königin sein.

«Also, dann fangen wir mit der Zwölferreihe an.» Er zeigte auf die Tafel.

«Zwölf, vierundzwanzig, sechsunddreißig, achtundvierzig, sechzig, zweiundsiebzig, vierundachtzig, sechsundneunzig, hundertacht, hundertzwanzig», leierte Sara hastig herunter. Der Lehrer kam kaum mit. Plötzlich verstand er, was Sara gestern in der Klasse geantwortet hatte. Sie konnte die Zwölferreihe also doch.

Sara ließ die Uhr nicht aus den Augen. Sie sah, wie der Sekundenzeiger weitertickte. Jetzt war es achtzehn Minuten vor fünf. Sie wurde unruhig. Fünf Minuten brauchte sie für den Weg nach Hause.

Der Lehrer schrieb eine neue Aufgabe an die Tafel.

Die Königin fand es bestimmt schrecklich, wenn sie nicht kam. Sie würde es nicht verstehen und sich Sorgen machen. Und wenn der König einen Krieg anfangen würde, müssten sie alle fliehen. Dann sah sie die Königin vielleicht nie wieder!

«Herr Lehrer, darf ich es jetzt zeigen?»

«Was denn schon wieder?»

«Dass ich Schach spielen kann?»

«Nein, erst diese Aufgabe.» Er zeigte auf eine komplizierte Rechenaufgabe.

Sara wagte nicht, den Blick von der Uhr zu wenden. Der Minutenzeiger sprang auch schon wieder weiter.

«Du hast wieder nicht aufgepasst!»

Sara warf einen kurzen Blick auf die Tafel: 5 + 10 =

«Fünfzehn.»

«Sehr gut.» Er schrieb die Antwort auf. «Und fünfzehn weniger neun ist …»

Der Sekundenzeiger wanderte unaufhaltsam weiter.

«Sechs!»

«Genau. Siehst du, du kannst es gut. Die nächste.» Und er begann eine furchtbar komplizierte Rechenaufgabe aufzuschreiben.

Saras Blick hing an der Uhr. Wenn der Lehrer sich nur beeilen würde.

Da klopfte es an die Tür, und ein Mädchen aus einer anderen Klasse kam herein. «Telefon für Sie, Herr Lehrer.»

Der Lehrer sagte zu Sara, sie solle die achte bis zehnte Aufgabe aus ihrem Buch machen, und verließ den Klassenraum.

Es war sieben Minuten vor fünf. Ob sie die Aufgaben noch fertig machen konnte? Der Lehrer wäre bestimmt empört, wenn sie einfach davonlief, aber die Königin ... Wenn sie noch länger wartete, käme sie zu spät in das Königreich.

Sara sprang von ihrem Stuhl auf, steckte alles in ihre Tasche und rannte aus dem Klassenzimmer. So schnell sie konnte, lief sie den Flur entlang, drückte die schwere Eingangstür auf und stürmte über den Schulhof.

Der Lehrer, der in seinem Büro telefonierte, sah jemanden vorbeihuschen. Er schaute aus dem Fenster. Sara! Sie lief mir nichts dir nichts aus seiner Nachhilfestunde davon ...

Auf der Straße mussten die Menschen zur Seite springen, um nicht mit ihr zusammenzustoßen.

Der große Minutenzeiger an der Kirchturmuhr sprang weiter. Nur noch drei Minuten.

Im Königreich lief die weiße Königin sorgenvoll auf und ab. Auch die weißen und schwarzen Untertanen blickten gespannt auf das große Tor. Jeden Augenblick konnte der König oben an der Treppe erscheinen.

Die Kirchturmuhr fing an zu schlagen.

Saras Großvater hörte, wie die Haustür ins Schloss fiel. Er streckte wie gewohnt seine Hand aus, um Sara zu begrüßen, aber sie rannte an seinem Zimmer vorbei.

Der dritte Schlag hallte durch das Königreich.
Die Königin stellte sich beklommen neben die Hofdame.
Da wurde dem schwarzen König plötzlich klar, dass er sich gar nicht auf einen Krieg vorbereitet hatte. Sie waren doch hoffentlich nicht in eine Falle geraten?
Auch der vierte Schlag verklang.
Das schwarze Königspaar sah sich an. Zum Fliehen war es jetzt zu spät.
Da hörte die Königin leise Schritte. Das große Tor öffnete sich, und alle schauten erwartungsvoll dorthin.
Sara tauchte auf. Ganz außer Atem sprang sie in großen Sätzen die Treppe hinunter. Die Königin hatte vor Freude Tränen in den Augen und umarmte Sara liebevoll. Auch das schwarze Königspaar fürchtete sich jetzt nicht mehr.
Die Uhr schlug zum fünften Mal, und genau in diesem Augenblick – der König war immer äußerst pünktlich, wenn er in die Schlacht zog – öffnete sich die Tür oben an der Treppe.
Das schwarze Königspaar, die Pferde, die Türme, die Soldaten, alle zogen sich ins Dunkel zurück. Auf ein Zeichen der Königin sollten sie dann in Erscheinung treten.

17

Da stand der König in vollem Staat und dröhnte: «Endlich ist die Stunde voll, da in den Kampf ich ziehen soll!» Stolz rief er seiner Frau zu: «Das reimt sich! Genial, nicht wahr?»

Ja, sehr genial, dachte die Königin.

Hinter dem Seidenkleid der Königin versteckt, stand Sara und spähte zur Freitreppe hinüber. In seinem weißen Hermelinmantel wirkte der König noch gewaltiger als sonst. An seiner Hüfte baumelte ein riesiges Schwert.

«Lasst das Heer antreten», befahl er mit donnernder Stimme. Natürlich erwartete er, dass jetzt innerhalb von wenigen Sekunden sein Heer vor ihm Aufstellung nehmen würde, so wie es bei Kriegen üblich war.
Das schwarze Königspaar blickte sich aufgeregt an, die Pferde stampften mit den Hufen, die Soldaten rückten ihre Helme zurecht, die Hofdame unterdrückte ein Kichern, und der Ratsherr strich seinen Mantel glatt. Jetzt war der große Augenblick gekommen.
Genau gleichzeitig, so wie sie es oft geübt hatten, traten sie aus der Dunkelheit hervor und schritten wie beim Tanzen auf ihre Plätze.
Das Spiel konnte beginnen.

Es muss wohl nicht betont werden, dass der König überrascht war. Leider war er jedoch nicht angenehm überrascht. Er kochte ganz einfach vor Wut. Auf seinem ureigensten Hofplatz stand sein eigenes Heer zusammen mit dem schwarzen Heer! Schließlich wollte er gegen das schwarze Königreich kämpfen, da konnte es ja wohl schlecht angehen, dass dieses Pack sich in seinem Schloss befand!
«Was wollen die hier?», fragte er außer sich vor Zorn seine Frau. Ohne eine Antwort abzuwarten, stürmte er die Treppe hinunter. Auf halber Strecke jedoch hielt er an und betrachtete das feindliche Heer misstrauisch. Womöglich war dies eine Falle, und sie gingen zum Angriff über. Vorsichtig schob er sich neben seinen Ratsherrn und fragte: «Was hat es zu bedeuten, dass ihr hier so herumsteht, Ratsherr?»
Obwohl der Ratsherr auf diese Frage vorbereitet war, vergaß er schlagartig alle Antworten, die er sich überlegt hatte. «Nein … ich meine ja … also … es ist ein Spiel. Schach heißt es», stammelte er.
Der weiße König kniff die Augen zusammen. Der Mann war wohl nicht mehr ganz bei Trost?
«Aber mein Guter, wir haben jetzt doch ganz und gar keine Zeit für Spiele!»

Natürlich, das fand der Ratsherr auch. Er hatte es doch schon die ganze Zeit gesagt. Dieses Spiel war nichts für seinen König. Zum Glück schaltete sich jetzt die weiße Königin ein. «Probier es doch einmal. Es ist kompliziert und gleichzeitig auch ganz einfach», versuchte sie ihn zu überreden.
Einfach und kompliziert? Der König grübelte darüber nach, als sein Blick plötzlich auf den Lakaien fiel, der mit einer Krone auf dem Kopf dastand.
«Was soll denn das nun schon wieder!»
«Er spielt dich. Er stellt den weißen König dar», erklärte seine Frau ihm fröhlich.
Der König fand sich selbst eigentlich eindrucksvoll und großartig. Und der Lakai? Pah, der war ziemlich mickerig. Aber nun ja, seiner königlichen Gestalt konnte natürlich niemand auch nur im entferntesten das Wasser reichen.
Aber die Zeit drängte. Er wollte endlich mit seinem Krieg anfangen, schließlich hatte er ihn diesmal besonders gut vorbereitet. Warum um alles in der Welt stand der Ratsherr noch immer stocksteif zwischen den anderen? «Haben sie dich etwa auch für diesen dämlichen Zirkus eingespannt?», fragte er mit einem drohenden Unterton.
Der Ratsherr räusperte sich. Klar, das war doch alles Unsinn, natürlich ...
Da traf sein Blick die Königin, die ihn mahnend anschaute. Wenn er sie jetzt im Stich ließe, blühte ihm was!
«Äh ... ich dachte mir ... tja ... seht Ihr, bei diesem Spiel könntet Ihr Eure Kriegstaktik erproben», stieß er hervor.
Das hatte er sich wirklich schlau ausgedacht! Unglaublich! Es war aber auch höchste Eisenbahn gewesen! Und außerdem stimmte es auch noch!
«Ist dies ein Kriegsspiel? Werden hier zwei Gegner miteinander kämpfen?», fragte der König argwöhnisch.
Alle nickten heftig mit den Köpfen. Ja, es war ein Kriegsspiel.
Hm. Vielleicht hatte der Ratsherr ja Recht und er konnte wirklich seine Taktik erproben.
«Also, dann zeigt es mir mal.»

In Erwartung einer handfesten Schlägerei trat der König einen Schritt zur Seite und überließ den Soldaten das Feld.
Aber stattdessen wandte sich die Königin an Sara und fragte: «Bist du bereit?»
Sara kam zum Vorschein und stellte sich vor den König. Wenn sie zu ihm hinaufschaute, sah sie in weiter Ferne sein Gesicht. Sie fühlte sich winzig neben ihm.
«Aha, da bist du auch wieder. Aber gewachsen bist du in der Zwischenzeit nicht, sehe ich.» Der König grinste von oben herab. «Wird sie uns etwa das Spiel erklären?», fragte er seine Frau.
«Ja.»
Dieses kleine Mädchen sollte ihm ein Kriegsspiel erläutern! Die waren wohl nicht recht gescheit.
«Nein danke, mir reicht's.» Wutschnaubend lief der König davon.
«Die erste Regel lautet: Wer den gegnerischen König gefangen nehmen kann, der hat gewonnen.» Saras Stimme war sehr leise, die schweren Fußtritte des Königs übertönten fast alles. Dennoch blieb er stehen.
«Und das weiße Reich beginnt», sagte Sara tapfer.
Der weiße König drehte sich um. Das klang eigentlich nicht schlecht. Vielleicht war dieses Mädchen tatsächlich so schlau, wie seine Frau gesagt hatte. Er beschloss, einen Versuch zu wagen.

Aufmerksam hörte sich der König die Regeln an, die die kleine, tapfere Sara ihm darlegte.
Alles in allem klang es recht spannend, fand er. Nur dass seine Frau so große Schritte machen durfte, schien ihm doch etwas bedenklich.
Aber das würde sich ja alles zeigen.
«Also, dann mal los. Ein Spiel wollen wir wagen.»
Alle waren so erleichtert, dass sie hätten tanzen mögen. Aber dafür war jetzt keine Zeit, denn die Schachpartie mit dem König begann!

18

Der schwarze König drehte sich um und sah zu seiner Befriedigung, dass Sara sich wieder auf die Freitreppe gesetzt hatte. «Werter Kollege, seid Ihr damit einverstanden, dass Sara bei uns den Oberbefehl hat?», fragte er. Natürlich hätte er das nicht zu fragen brauchen, aber im Hinblick auf das aufbrausende Temperament seines Kollegen hielt er es für besser.
Was sind die da drüben doch für ein Haufen Waschlappen, dachte der weiße König. Wer lässt sich denn von einem kleinen Mädchen die Kohlen aus dem Feuer holen?
«Wenn Ihr es wollt», antwortete er gelassen.
Man kann sich denken, dass die Untertanen des schwarzen Königs mit dieser Antwort sehr zufrieden waren!

Eigentlich sind die Soldaten die Einzigen, die vorrücken können, überlegte der weiße König, der den ersten Zug machen durfte. Alle anderen standen dahinter eingeschlossen.
«Uns könnt Ihr auch laufen lassen, denn wir dürfen springen», sagte das Pferd Kees. Nicht ganz zu Unrecht befürchtete es, der König könnte sie übersehen.
Der Ratsherr seufzte. Was mischte sich das Pferd da ein? Hatte es etwa vergessen, dass er, der Ratsherr, der Einzige war, der dem König raten durfte?
«Zuerst sollten wir einige Soldaten vorschicken», sagte er hochmütig.
«Kanonenfutter sind wir», murrten die Soldaten.
Hm … Der Ratsherr hat Recht, dachte der König. «Hallo, du da auf f2, mach doch mal einen Schritt nach vorne.» *1.) f2-f3, …*
«Ich kann aber auch zwei Schritte tun», antwortete Soldat Ferdinand, der nur schnell zeigen wollte, dass er die Anfangsregeln begriffen hatte.

«Nein, nein, wir wollen das Ganze ruhig angehen.» Der König war sich seiner Sache sicher. «Ein Schritt ist mehr als genug.»

1.) ..., e7-e5 «Soldat Emmy von e7 nach e5», sagte Sara mit heller Stimme. Emmy machte zwei Schritte nach vorne. Es erfüllte sie mit Stolz, dass sie ganz allein mitten auf dem Platz stand. So konnten sie alle sehen, und darüber hinaus konnte sie jeden gefangen nehmen, der in ihre Nähe kam.

Der weiße König fand es ziemlich dreist von Sara, einen Soldaten so weit ins Feld zu schicken. Aber das konnte er auch.

2.) g2-g4, ... «Soldat Gerrit von g2 nach g4.» So allmählich begann er wahrhaftig Gefallen an dem Spiel zu finden.

Der Lakai, der den König ersetzte, stieß einen Schrei aus. Er konnte nicht anders, er musste den König warnen. «Eure Hoheit, ich glaube nicht, dass das ... äh ... sehr klug ist.»

Das war doch die Höhe! Da kam ein Lakai daher und erzählte ihm, er sei nicht klug! Anscheinend meinte hier jeder, er müsste sich in das Spiel einmischen. «Was soll denn jetzt wieder sein?»

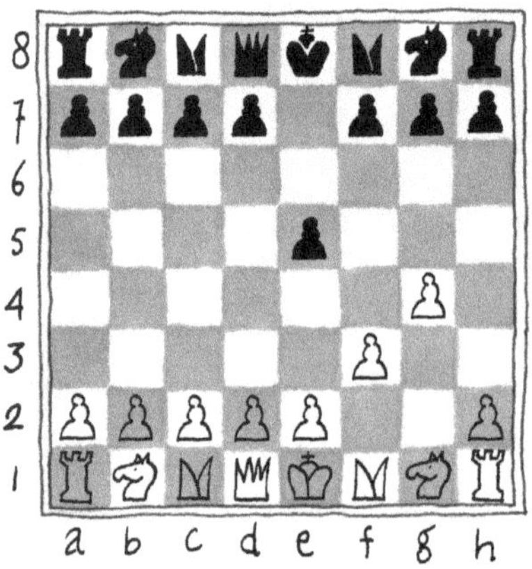

Der Lakai zeigte auf die schwarzen Spielfelder, die diagonal auf ihn zuliefen. «Wisst Ihr, ich stehe auf Eurem Platz, und wenn hier ein so großer Durchgang offen ist, kann ich gleich gefangen genommen werden.»

Der König betrachtete die Reihe schwarzer Platten, die in der Tat zum Lakaien hinführten. Na und? Er sah keine Gefahr darin. Zumindest jetzt noch nicht.

«Wenn jemand dich gefangen nehmen will, schlagen wir ihn zu Brei. Ich habe mein ganzes Heer noch.» Darüber musste er selber laut lachen.

Aber Sara hatte die Gefahr schon erkannt. «Schwarze Königin
2.) ..., Dd8-h4 von d8 nach h4», sagte sie mit einem verschmitzten Lachen.

O weh, das gefiel dem schwarzen König gar nicht. Er wurde schon unruhig, wenn sich seine Frau auch nur zwanzig Zentimeter von ihm entfernte, und nun sollte sie nach h4 gehen, ganz auf die andere Seite des Hofes.

Zum Glück ließ die schwarze Königin sich nicht beirren. Sie gab ihrem Mann einen herzhaften Kuss und stolzierte über den Innenhof auf Feld h4.

«Ihr steht im Schach», sagte sie, und es klang sehr würdevoll. Die schwarze Königin war stolz wie ein Pfau. Das hier war wirklich ein großartiges Spiel!

Etwas so Seltsames hatte der König noch nie gehört. Schach? Und warum war die Person so stolz darauf? «Und was soll das bedeuten: Ihr steht im Schach?», fragte er empört.

Die weißen Untertanen wussten genau, dass die Antwort ihrem König nicht gefallen würde. Deshalb blickten sie sich feige nach der Königin um.

«Es bedeutet, dass die schwarze Königin deinen König gefangen nehmen kann», sagte sie tapfer.

Ach so. Nun ... Das war ja nicht so schlimm, oder? Schließlich war jetzt er am Zuge.

«Haha, weißt du was, dann nehmen wir sie eben zuerst gefangen!»

«Wir können sie nicht gefangen nehmen», riefen seine Untertanen im Chor.

Nachdem der weiße König kurz nachgedacht hatte, musste er einsehen, dass sie Recht hatten. Jetzt nur nichts überstürzen … Ah, er hatte eine neue Idee!
«Hör mal zu, dann lauf doch einfach weg», rief er dem Lakaien zu.
«Aber ich kann doch nirgends hin», antwortete dieser verzweifelt. Tatsächlich! An Flucht war nicht mehr zu denken. Der Mann war vielleicht mickerig, aber dumm war er deshalb noch lange nicht.
Zum Glück bin ich auch sehr schlau, dachte der König und sagte: «Zum Donnerwetter, dann stellen wir halt etwas dazwischen.»

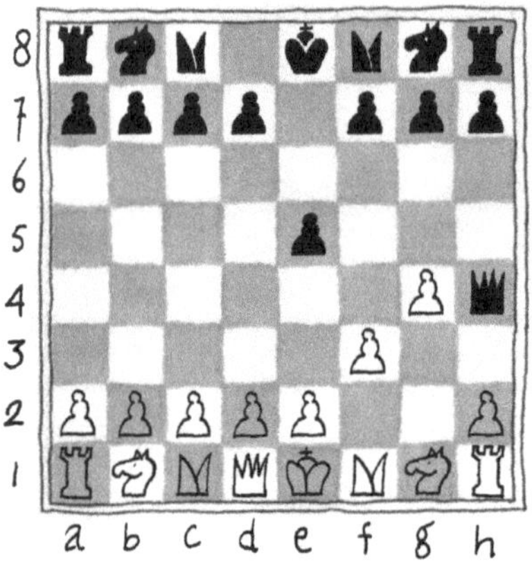

Aber auch dieses Vorhaben wurde im Keim erstickt. Keiner der weißen Untertanen war in der Lage, die diagonale Reihe schwarzer Platten zu erreichen, die zwischen der schwarzen Königin und dem Lakaien lag.
Der König dachte jetzt so heftig nach, dass sich seine Stirn in tiefe Falten legte, und doch fiel ihm nichts Rechtes ein. Er neigte sich zum Ratsherrn, wie er es immer tat, wenn er in einer misslichen Lage war.
«Ratsherr, gib mir einen Überblick über die augenblickliche Situation.»
«Nun, da kann ich mich kurz fassen, Majestät.» Es war nicht immer leicht, die Wahrheit sagen zu müssen. «Ihr habt verloren», sagte der Ratsherr ergeben.
So, nun war es heraus! Jetzt konnten sie etwas erleben! Die Hofdame bekam vor Aufregung Schluckauf, die Pferde hielten sich die Ohren mit den Hufen zu, und der Ratsherr wäre am liebsten in Grund und Boden versunken.
Sara bedauerte, dass sie so gut gespielt hatte.
«Ich … habe … verloren», sagte der König langsam und Furcht erregend leise.
Der schwarze König war offensichtlich vor Angst erstarrt, sonst wäre er bestimmt zu seiner Frau nach h4 gerannt.
Der weiße König straffte sich. «Ich habe verloren», rief er so laut, dass die Schlossmauern erzitterten und mancher schon

befürchtete, die ganze Burg würde einstürzen. Sogar die Soldaten, die doch einiges von ihrem König gewohnt waren, zogen die Köpfe ein.
Und dann geschah etwas Wunderbares: Der König fing auf einmal an, schallend zu lachen. «Aber wir haben doch unseren Spaß gehabt, oder etwa nicht?», prustete er fröhlich. Aber natürlich! Ja doch, sie hatten ungeheuer viel Spaß gehabt! Hahaha! Aus den Augenwinkeln spähten alle erleichtert nach dem König, der sich ausschüttete vor Lachen.

«Überleg dir mal, was passiert wäre, wenn wir einen echten Krieg geführt hätten», flüsterten die Soldaten einander zu. «Das hätten wir nicht überlebt!» Sie waren sehr erleichtert, dass ihre Königin sich dieses Spiel ausgedacht hatte.
Die schwarze Königin spazierte an ihren Platz zurück. Sie wurde mit Hallo empfangen. Sonst genoss sie es immer, wenn man ihr zujubelte, aber diesmal kam diese Ehre nicht ihr zu.
«Sie hat es geleistet, das dürft ihr nicht vergessen», sagte sie und zeigte auf Sara. Und das ganze schwarze Heer jubelte Sara zu, so dass sie ganz verlegen dreinschaute.

Kurz darauf setzte sich der weiße König zu ihr. «Ein tolles Spiel, wirklich großartig. Wollen wir noch einmal spielen?», fragte er höflich. Sara war vielleicht noch klein, aber er konnte doch noch viel von ihr lernen.
Sara nickte.
Der weiße König sah sie forschend an. «Könntest du nicht auch mich dann und wann gewinnen lassen? Das wäre doch eine feine Sache.»
Da musste Sara lachen.
«Du musst doch zugeben, dass es gut ist, wenn ich manchmal gewinne.»
«Ja», antwortete Sara, «das wäre prima.»
Der weiße König strahlte. «Abgemacht!»
Die weiße Königin war überglücklich. Ihr Vorhaben war gelungen: Der König plante keinen Krieg mehr.

19

Sara kam die Treppe herunter. Es war schon fast sechs Uhr, und ihre Mutter war in der Küche am Kochen. Sie hörte, wie sie mit dem Großvater sprach.

«Wie es scheint, ist sie entsetzlich frech zu ihrem Lehrer. Ich verstehe das einfach nicht.»

Sara blieb stehen.

«Vielleicht quält sie etwas», sagte der Großvater vorsichtig.

«Wie kommst du denn darauf? Wahrscheinlich bin ich einfach nicht streng genug. Sara war schon immer ein schwieriges Kind.»

Leise machte Sara kehrt und ging zurück in ihr Zimmer. Sie stellte die weiße Königin auf die Fensterbank.

«Schau, das ist mein Vater», sagte sie und zeigte ihr das Zeitungsbild von Bob Hooke.

«Na, der kann bestimmt sehr gut Schach spielen, genau wie du!», sagte die Königin.

Sara lächelte verlegen und zeigte ihr dann die Anzeige für das Simultanturnier.

«Oh, das gefällt mir … Wollen wir mitmachen?»

Sara ließ das Blatt sinken. Natürlich wollte sie mitmachen, aber sie war einfach aus der Nachhilfestunde fortgerannt, und ihr Lehrer war bestimmt wütend auf sie.

«Sara, ohne deine Hilfe wäre der König in den Krieg gezogen. Ich bin dir ungeheuer dankbar, und ich bin stolz auf dich!»

Aber die Königin merkte, dass Sara noch zögerte.

«Ach Sara, denk doch mal, wie wundervoll es wäre, allen zu zeigen, wie gut wir Schach spielen können! Der König wäre bestimmt begeistert. Er will gar nicht wieder aufhören, und du möchtest doch schließlich auch gerne teilnehmen!»

Sara nickte.

«Also, dann lass uns spielen. Ich bin sicher, dein Vater wird stolz auf dich sein.»

Sara errötete. Ob er wirklich stolz sein würde?

Am nächsten Tag sprach der Lehrer kein Wort mit Sara. Er schaute sie auch nicht an, wenn sie sich meldete. Und wenn sie etwas sagte, überhörte er es, als ob Sara gar nicht anwesend wäre.

Zum Glück war Victor da. Dann und wann drehte er sich um und grinste ihr zu. Dabei schien es jedoch, als ob er sie nicht richtig sehen könnte. Er kniff die Augen zusammen und wirkte irgendwie fremd. Sara hoffte, dass es vielleicht nur an der Mütze lag, die er anders aufhatte als sonst.

Gegen Ende der Stunde wurden die Schüler immer aufgeregter. Heute sollte die Partie gegen den Lehrer stattfinden.

Sara hatte ihr eigenes Brett mitgebracht. Sie wollte unbedingt mitmachen. Die königliche Gesellschaft freute sich auch schon darauf.

Als alle Kinder sich erhoben und die Klasse verließen, blieb Sara sitzen. Vielleicht erkundigte sich der Lehrer, warum sie gestern weggelaufen war.

Victor blieb in der Tür stehen und wartete auf sie. Der Lehrer fragte: «Bist du nicht zu erschöpft, um Schach zu spielen, Victor? Dein Vater hat mich gebeten, dich gleich nach Hause zu schicken, wenn du müde wirst.»

Victor erschrak, schaute den Lehrer übertrieben forsch an und versicherte, dass er wirklich ganz und gar nicht müde sei.

Bevor der Lehrer noch etwas hinzufügen konnte, lief er schnell in Richtung Turnhalle davon.

Der Blick des Lehrers fiel auf Sara.

«Herr Lehrer?», begann sie vorsichtig.

Jetzt konnte der Lehrer sie nicht mehr einfach übersehen. Er nahm seine Jacke von der Stuhllehne.

«Du kannst gehen, Sara. Ich helfe dir nicht mehr.»

Sara rutschte auf ihrem Stuhl hin und her. Sie wusste nicht recht, wie sie es erklären sollte. «Ich bin gestern so schnell weggelaufen …», setzte sie an.

«Ja, das kann man wohl sagen», sagte der Lehrer kurz angebunden.

«Ich möchte doch gerne lernen», sagte Sara enttäuscht.

«Dafür ist es jetzt zu spät. Ich mag dir nicht mehr helfen.»

«Ich musste gestern doch zu der Königin», entfuhr es Sara, die gleich darauf erschrak über das, was sie gesagt hatte.

«Zu welcher Königin?»

«Zu der Schachkönigin. Ich habe mit ihr zusammen das Schachspielen gelernt.»

«So, du lernst also Schach spielen. Mit lauter unsinnigen Geschichten. Na, dann wünsche ich dir viel Erfolg. Ich habe mir genug Mühe mit dir gegeben, aber es scheint alles nichts zu nützen. Du wirst jeden Tag frecher, läufst einfach davon. Ich gebe es auf, Sara, und das werde ich deiner Mutter auch erzählen. Es hat keinen Sinn so.»

Sara stand auf. Sie wollte nicht, dass der Lehrer wieder zu ihrer Mutter ging.

Der Lehrer drehte sich um und sah Sara gehen, das Schachbrett unter dem Arm. Nicht viele Kinder waren so hartnäckig. Wie kam sie darauf, dass sie Schach spielen konnte? Er schüttelte den Kopf.

Im Turnsaal standen wohl fünfundzwanzig Tische mit Schachbrettern in einem großen Kreis. Hinter jedem Schachbrett saß ein Kind, und der Lehrer würde allein gegen all diese Kinder spielen. Victor saß auch hinter einem Schachbrett. Außer den Kindern aus seiner Klasse kannte er niemand. Die meisten waren größer und sehr laut. Er hatte einen Platz für Sara freigehalten, aber wo blieb sie nur?

Er hatte Kopfschmerzen, aber wenn er nicht darauf achtete, würden sie vielleicht vorbeigehen. Er versuchte, sich auf sein Schachbrett zu konzentrieren. Da setzte sich ein Mädchen neben ihn, auf Saras Platz. Sie nahm das Kärtchen, das vor dem Schachbrett stand, und wollte ihren Namen darauf schreiben.

«Hier sitzt Sara», sagte er heftig.

Mariette, die direkt neben ihm saß, hörte es, und ihre Freundinnen hörten es auch. Sie fingen an zu kichern. «Victor ist in Sara verliebt! Victor ist in Sara verliebt!»

Victor streckte die Zunge raus.

Glücklicherweise entdeckte das Mädchen einen anderen Platz neben einer ihrer Freundinnen und lief dorthin.

Vorsichtshalber schrieb Victor Saras Namen auf das Kärtchen.

Der Lehrer kam herein. Er klatschte in die Hände, und alles wurde still. Die Kinder setzten sich hinter ihr Schachbrett.

Victor sah nach der Tür. Wenn Sara jetzt nicht kam, durfte sie gar nicht mehr mitspielen.

Alle Aufmerksamkeit richtete sich auf den Lehrer, der allein mitten in dem Kreis stand. Er nickte einigen Eltern zu, die zuschauen wollten, und machte dann in rasender Geschwindigkeit seine Eröffnungszüge auf den Brettern. Das Tempo verlieh ihm das Gefühl, ein guter Schachspieler zu sein. Er war so eifrig, dass er nicht merkte, wie Sara in der Tür erschien.

Victor sah sie sofort und winkte ihr, sich neben ihn zu setzen. Mit großen Schritten lief sie zu ihm hin, das Schachbrett unter dem Arm. Jetzt sahen es auch die anderen Kinder.

«Herr Lehrer, was macht denn die hier? Darf Sara mitspielen?» Es war Mariette offensichtlich egal, dass ihre Stimme die Ruhe im Saal störte.

Der Lehrer schaute auf und sah Sara. Eigentlich müsste er sie fortschicken, aber dann würde er sich nicht mehr konzentrieren können. Er bedeutete Mariette zu schweigen.

«Sara Mistkäfer macht auch mit», sagte ein Junge.

Aber Sara achtete nicht darauf. Sie setzte sich neben Victor und baute ihr schönes Schachspiel auf. Jetzt, nachdem Sara gekommen war, war Victor zufrieden. Er sah sich um.

Alle starrten auf Sara. Ein Junge stieß Mariette an und sagte: «Schau dir das an, ein Kinderschachspiel!

Aber das war doch ... Mariette erkannte das Spiel sofort. Das war doch das Spiel, das sie hatte haben wollen. Wie war Sara dazu gekommen?

Sie hörte den Jungen neben sich lachen. «Ein blödes Spiel», prustete er.

Da freute sich Mariette, dass sie es nicht gekauft hatte. «Du hast Recht, ein blödes Spiel!» Und zufrieden betrachtete sie ihr eigenes Wettkampfspiel.

Sara merkte kaum, was sich um sie herum abspielte.

Jetzt stand der Lehrer an ihrem Tisch. Ihm war schleierhaft, wie ein Kind, das sich keine Sekunde auf den Unterricht konzentrieren konnte, Schach spielen wollte. Aber sie hatte einen Dickkopf. Er würde ihr zeigen, was Schach spielen bedeutete. Und warum hatte sie ein so albernes Spiel? Konnte sie denn niemals etwas normal tun? Er winkte dem Hausmeister.

«Haben wir kein normales Schachspiel für sie?»

Der Hausmeister schüttelte den Kopf. Er hatte gerade das letzte herausgegeben.

Der Lehrer seufzte, während Sara sich tief über ihr Brett beugte.

«Wenn sich zeigt, dass du es nicht kannst, will ich nie wieder etwas davon hören. Verstanden?»

Er wartete die Antwort nicht ab und schob Eduard, den weißen
1.) e2-e4, ... Soldaten, von e2 nach e4. Dann ging er an das nächste Brett.

Langsam dämmerte es Sara, dass sie jetzt dem Lehrer zeigen musste, dass sie Schach spielen konnte!

20

Victor grinste breit. Der Lehrer würde nun endlich erfahren, dass Sara gut Schach spielen konnte.

Sara wagte kaum zu atmen. Nichts wusste sie, gar nichts. Sie sah ein paar Figürchen auf weißen und schwarzen Feldern, aber sonst ...

Klar, sie konnte nicht spielen. Vielleicht gegen Victors Vater, aber der hatte bestimmt gemogelt.

Plötzlich fiel ihr auf, dass da ein weißer Soldat ganz allein mitten auf dem Brett stand. Soldat Eduard war immer etwas voreilig, aber ob er jetzt nicht doch Angst hatte?

«Du stehst da sehr allein, nicht wahr?», sagte sie teilnahmsvoll.

Eduard streckte sich und sah lachend zu ihr hinauf. «O nein, gar nicht. Hier ist es prima.»

Sara merkte, dass auch die anderen Schachfiguren sie anschauten. Die weiße Königin winkte ihr ausgelassen zu. «Wollen wir wieder eine Partie spielen?»

Sara nickte und freute sich unsagbar, alle wieder zu sehen.

«Wer ist denn unser Gegner?», fragte der König leise, als fürchtete er, derjenige könnte ihn hören.

«Unser Lehrer», sagte Sara mit Abscheu in der Stimme.

«Lehrer? Was ist das?», fragte der König, aufbrausend wie üblich.

Die Königin gesellte sich zu ihnen. «Das habe ich dir doch alles erklärt, Liebling.»

Der weiße König dachte angestrengt nach. «Ach richtig, das ist der Mann, der alles besser weiß. Ganz schön anstrengend, wenn ihr mich fragt.»

Soldat Ferdinand meldete sich zu Wort. «Im Namen aller weißen Soldaten frage ich, ob wir diesmal gewinnen dürfen.»

Der weiße König sah ihn an, als hätte er nicht alle Tassen im Schrank. Was faselte der Soldat da?

«Selbstverständlich werden wir nicht gewinnen. Sara muss gewinnen, und sie spielt mit Schwarz.»
«Aber ...», wollte Soldat Ferdinand noch einwenden, doch der König blickte ihn herausfordernd an. «Nichts aber. Es ist gar nichts dabei, wenn man verliert!»
«Oh ... äh ... na ja ... Wenn man es so betrachtet ...» Und Soldat Ferdinand trottete davon.
Sara lächelte. Sie war am Zug und erinnerte sich, dass sie möglichst schnell freie Bahn für die hintere Reihe schaffen musste.
1.) ..., d7-d5 Sie setzte David, den schwarzen Soldaten, von d7 nach d5.
Jetzt standen der schwarze Soldat David und der weiße Soldat Eduard einander schräg gegenüber. Eduard konnte David ohne weiteres gefangen nehmen. Hilfe, dachte David, ich hoffe, Sara weiß, was sie tut.

Für gewöhnlich musste der Lehrer nicht lange nachdenken, bevor er einen Zug machte. Nun stand er schon wieder vor Saras Brett und sah, dass sie d7-d5 gezogen hatte. Das war nicht unbedingt ein dummer Zug, aber Sara war ja noch Anfängerin, und dann war es doch unklug. Wenn er es schlau anstellte, könnte er sie in einigen Zügen besiegt haben.
2.) e4xd5, ... Er schlug den Bauern auf d5.
Mariette sah es und rief spöttisch: «Hihi, Sara hat schon eine Figur verloren!»

Der schwarze König sah Sara hilflos an. Er bekam schon ein steifes Genick, weil er so weit hinaufschauen musste. «Sara, hör mal, ist das in Ordnung so?»
Seine Frau beruhigte ihn. Seit sie den weißen König besiegt hatte, konnte sie wirklich erstaunlich gut spielen, fand sie. «Soll ich Eduard auf d5 gefangen nehmen?», fragte sie fachmännisch.
Sara schüttelte den Kopf. Das war jetzt keine so gute Idee.
Der schwarze König glaubte nicht recht zu hören. Warum sollte das keine gute Idee sein? Wenn sie den Soldaten gefangen nahm, stünde es zumindest wieder gleich.
Zu seiner Verblüffung war seine Frau auch jetzt wieder einer Meinung mit Sara. «Sara hat Recht», erklärte sie. «Stell dir vor,

ich nehme den Soldat auf d5 gefangen. Siehst du das weiße Pferd da drüben? Auf b1? Nun, das zieht dann natürlich auf c3, und dann muss ich mich zurückziehen. Oder möchtest du etwa, dass ich mich von ihm gefangen nehmen lasse?», fragte sie mit zuckersüßem Lächeln.

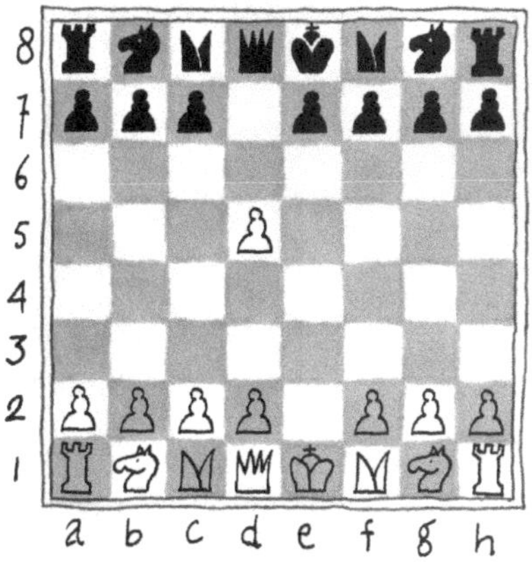

Seine Frau in Gefangenschaft? Um Himmels willen, das wollte der schwarze König nicht. Nein, nein … Da hatte sie ganz Recht.

Das schwarze Pferd Kasper begann ungeduldig mit den Hufen zu scharren. Es wollte nichts lieber als aus der hinteren Linie herauskommen. Außerdem bemerkte es, dass es den weißen Soldaten auf d5 angreifen konnte. Es machte heftige Zeichen in Richtung Sara. Sara verstand, was es beabsichtigte, und fand das eine gute Möglichkeit.

Sie wartete ordentlich, bis der Lehrer vor ihrem Brett angelangt war. Dann setzte sie Kasper, das schwarze Pferd, von g8 nach f6. *2.) …, Sg8-f6*

Der Lehrer war erstaunt, dass Sara seinen Bauern nicht schlug.

Jeder andere Anfänger hätte das getan. War sie überhaupt ein Anfänger? Ach, natürlich war sie das. Aber nun musste er etwas unternehmen, denn seine Figur auf d5 war bedroht. Er schob den
3.) c2-c4, ... Bauern von c2 nach c4.

Soldat Eduard war überglücklich, dass er verteidigt wurde. Auch der weiße Ratsherr war zufrieden, aber aus einem anderen Grund. Seiner Meinung nach machte Sara ihre Sache sehr gut.
«Jetzt weiter angreifen, Sara! Weiter angreifen und gleichzeitig die eigenen Reihen stärken, so ist es am besten.» Sara schmunzelte. Sie glaubte zu verstehen, was er meinte.
Die Schachfiguren auf Saras Brett hörten die anderen Kinder im Turnsaal reden. Der Ratsherr stieß das Pferd neben sich an. Hatte es das auch gehört? Sie nannten ihn Läufer, ihn, den Ratsherrn, einen Läufer! Ein Läufer, was war denn schon ein Läufer?
Soldat Ferdinand drehte sich entrüstet um und fragte: «Habt Ihr gehört, wie sie uns nennen?» Der Ratsherr schüttelte den Kopf.
«Bauern! Ich bitte dich! Bauern!»
Der Ratsherr überlegte. Vielleicht hatten die Menschen Recht. Warum sollte man jemanden Soldat nennen, der nie kämpfte? Und was ihn selbst betraf: Er war ja eigentlich ein Läufer. Wanderer wäre natürlich vornehmer gewesen, aber nun gut, die Menschen waren wahrscheinlich einfach nicht so gebildet.

Der Lehrer stand schon wieder vor Saras Schachbrett. Sie zog den
3.) ..., c7-c6 schwarzen Soldaten Cynthia von c7 nach c6.

Verzweifelt schlug der schwarze König die Hände vors Gesicht. Nun konnte sein Soldat auf c6 wieder gefangen genommen werden. Oh, oh, Sara passte ja gar nicht auf. Gleich hatte sie noch einen Soldaten weniger.
Aber Kim, das andere schwarze Pferd, begann zu wiehern und zu trampeln vor Aufregung. «Wenn der Lehrer den Soldaten gefangen nimmt, dann schnappe ich mir sofort den seinen. Und

dann stehe ich auf einem günstigen Platz. Der Lehrer hat noch keinen seiner Offiziere gezogen. Er soll Cynthia nur gefangen nehmen», überlegte es eifrig.
Noch immer hatte der schwarze König nicht kapiert, aber das Pferd und die Soldaten spielten es ihm vor.
Und ja, es war ein guter Zug. Die schwarze Front brachte auf diese Weise zwei Pferde ins Feld und die weiße Front kein einziges.

Diese Partie muss ich möglichst bald hinter mich bringen, dachte der Lehrer, als er neben Saras Brett stand. Er beschloss, diesmal den Bauern nicht zu schlagen, sondern schob forsch die weiße Königin nach a4. Er war jetzt nahe daran, dem schwarzen König *4.) Dd1-a4, ...* Schach zu bieten. Sara brauchte nur einen kleinen Fehler zu machen, dann war sie verloren. Zufrieden ging er weiter.

21

Der schwarze König sah, dass nur noch ein Soldat zwischen ihm und der weißen Königin stand. Wenn der jetzt ziehen musste oder gefangen genommen würde …

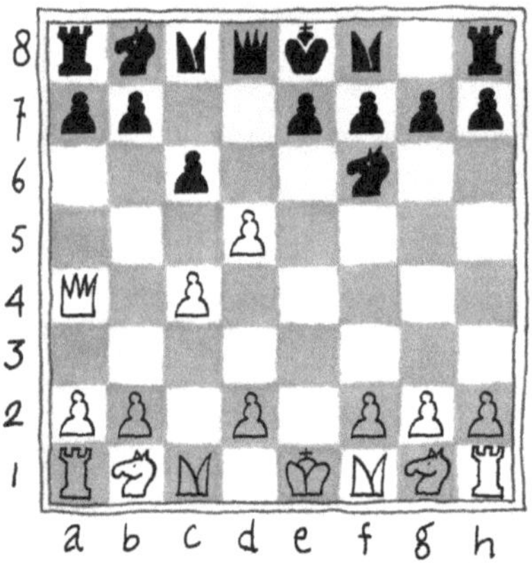

«Sara, gleich nimmt die weiße Königin mich gefangen!», rief er ängstlich.

Die weiße Königin lächelte. «Aber nein. Der Lehrer macht einen großen Fehler, den größten Fehler, den man machen kann. Er unterschätzt seinen Gegner.» Ja, sie hatte gut reden, aber er wünschte sich trotzdem, dass seine schwarze Hofdame dazwischentreten würde.

Der Lehrer stand neben Mariettes Schachbrett. Sie spielte gut.

«Du machst es mir schwer, Mariette», sagte er freundlich und machte seinen Zug. Dieses Spiel hatte er wenigstens unter Kontrolle. Sie spielte genau so, wie er es ihr beigebracht hatte.

Inzwischen unterteilte der Hausmeister die Tafel in drei Spalten und schrieb mit großen Buchstaben darüber: GEWONNEN, UNENTSCHIEDEN und VERLOREN. In die letzte Spalte würden wohl wieder viele Namen eingetragen werden, das war jedes Jahr so, und die erste Spalte würde auch dieses Jahr wieder leer bleiben.

Sara erkannte, dass der schwarze König sich bedroht fühlte. Er hatte viele Kriege geführt und wusste genau, wann Gefahr drohte. Deshalb schob sie, als der Lehrer wieder neben ihrem
4.) …, Lc8-d7 Schachbrett stand, die schwarze Hofdame nach d7, der Stelle, die der schwarze König angegeben hatte. Dankbar sah der schwarze König zu ihr auf.

Der Lehrer war verblüfft. Schon wieder durchkreuzte sie seinen Plan. Er ließ sich aber nicht aus der Fassung bringen und schlug den Bauern auf c6. *5.) d5xc6, ...*

Mariette, die dauernd zu Sara hinüberschielte, sah, dass der Lehrer wieder einen Bauern geschlagen hatte. Sie lachte laut auf und sagte: «Ha! Du kannst gleich aufgeben. Einen solchen Rückstand holst du nie mehr auf.»

Sara hörte gar nicht zu.

Victor blickte auf. Hatte Sara noch einen Bauern verloren? Hoffentlich passte sie auf.

♛ Die schwarzen Soldaten hatten auch gehört, was Mariette sagte. Sie waren ebenfalls davon überzeugt, dass Sara ohne sie bestimmt verlieren würde.

Aber Kim, die schwarze Stute, war nicht so pessimistisch, im Gegenteil. Sie fand, dass das Spiel jetzt erst richtig anfing.

«Gleich darf ich, ja?»

♛ Sara lächelte. «Ja, du darfst!»

Das sagte sie so begeistert, dass alle im Turnsaal es hören konnten.

Mariette stieß das Mädchen, das neben ihr saß, an. «Hast du das gehört? Sie redet mit ihrem Schachspiel.»

«Ja du, ist das ein blödes Huhn.»

Der Lehrer blieb neben Peter, einem Klassenkameraden von Sara, stehen. Peter war kein Schachspieler. Er hatte während des Wettkampfes höchstens zwei Minuten auf sein Brett geschaut, ansonsten zog er komische Fratzen, um die anderen zum Lachen zu bringen.

Aber er fand es gar nicht lustig, dass er gegen den Lehrer verloren hatte. Missmutig starrte er auf sein Brett.

«Wenn du verlierst, musst du deinem Gegner die Hand reichen, Peter», sagte der Lehrer geduldig.

Peter schüttelte unwillig die Hand des Lehrers, und der Hausmeister schrieb Peters Namen in die Spalte VERLOREN.

Sara nahm das schwarze Pferd und schlug den Bauern auf c6. *5.) ..., Sb8xc6*

Der Lehrer musste zugeben, dass es ein guter Zug war. Überhaupt spielte Sara gar nicht schlecht. Sie hatte zum Beispiel viel mehr Figuren ins Spiel gebracht als er.

«Das sieht nicht schlecht aus, oder, Sara?», sagte er. Er rechnete noch immer damit, dass dieses Mädchen aufs Geratewohl spielte, und er hoffte, bald zu gewinnen. Er schob seine weiße Königin
6.) Da4-b3, ... von a4 nach b3.

Die weißen Pferde wurden immer böser. Sie trampelten ungeduldig und wollten etwas unternehmen, aber was sie auch taten, der Lehrer sah oder hörte sie nicht. Sogar die Hofdame und der Ratsherr hatten noch keinen Schritt getan. Am meisten ärgerte das die Hofdame.

«Der glaubt wohl, dass er nur mit der Königin auskommen kann. Ich für meine Person würde das alles ganz anders anfangen», sagte sie schnippisch.

Der schwarze König sah, wie die weiße Königin gefährlich nah an ihn herankam.

«Und jetzt, Sara?», fragte er ängstlich.

Sara beugte sich zu ihm hinüber. «Pferd Kim wird gleich nach d4 springen», flüsterte sie.

Kim wieherte aufgeregt. «Hurra! Ich darf die Königin angreifen.» Am liebsten wäre es gleich losgesprungen.

Sara freute sich.

«Ja, ja, greif du mich nur an», sagte die weiße Königin lachend.

Der schwarze König stieß seine Frau an und zeigte auf die weiße Königin auf b3. «Und was passiert, wenn die weiße Königin unseren Soldat Bolke gefangen nimmt?»

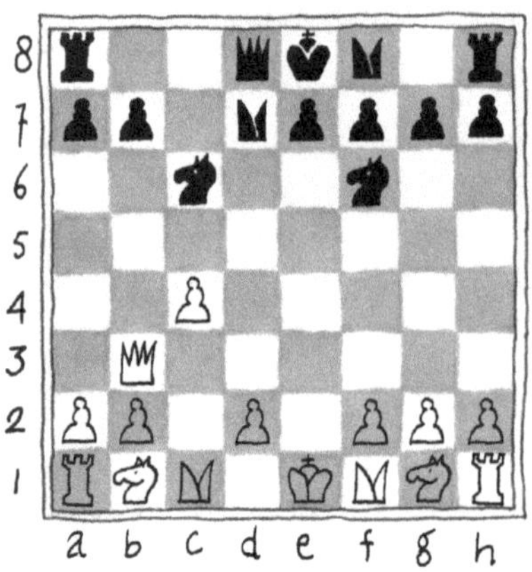

Pferd Kim hörte, was der schwarze König sagte. Es schüttelte heftig seinen Kopf. «O nein, wenn sie das tut, dann biete ich dem weißen König Schach auf c2.»

Kim und die weiße Königin führten die Schritte vor, damit Bolke und der schwarze König es besser sehen konnten.

Bolke begriff sofort, dass ihr schwarzes Pferd

auf c2 nicht nur dem weißen König Schach bieten würde, sondern auch noch den weißen Turm gefangen nehmen konnte. Er schlug sich auf die Schenkel vor Freude.

Auch der schwarze König war jetzt beruhigt. Mehr noch, er genoss die Chancen, die sich ihm plötzlich zeigten. Er hoffte, dass der Lehrer so dumm sein würde, seinen Bolke gefangen zu nehmen.

Peter, der gerade verloren hatte, sah, dass Sara einen Bauer im Rückstand war. Donnerwetter! Er versuchte, die Aufmerksamkeit seiner Freunde an der anderen Seite des Saales auf sich zu ziehen. «Schaut nur, Sara Mistkäfer wird gleich verlieren!»

Der Lehrer sah ihn missbilligend an. So konnte er sich nicht konzentrieren. «Ruhe!», sagte er kurz angebunden.

Peter zog Sara an den Haaren und rannte weiter durch den Saal. Sara merkte es gar nicht, so sehr war sie in ihr Spiel vertieft.

Der Lehrer überprüfte noch einmal, ob er die verschiedenen Möglichkeiten in seiner Partie gegen Victor gut überlegt hatte. Dann zog er und ging weiter zu Sara.

Der große Augenblick für die Stute Kim war gekommen. Sara
zog sie von c6 nach d4. Jetzt wurde die weiße Königin von dem *6.) …, Sc6-d4*
Pferd angegriffen.

Der Lehrer sah es. Ah, er konnte den Bauern auf b7 schlagen. Fein, noch ein Bauer … Gerade rechtzeitig merkte er, dass dies
7.) Db3-c3, … doch keine gute Idee war. Er zog die weiße Königin nach c3. Gern hätte er Saras nächsten Zug gewusst, aber er konnte ja nicht darauf warten.

Der Soldat Bolke bedauerte, dass der Lehrer ihn nicht gefangen genommen hatte. Nun ja, vielleicht klappte es beim nächsten Zug.
«Gleich nimmt die weiße Königin dich gefangen», flüsterte der weiße Soldat Dirk Kim ins Ohr.
«O nein! Sara schickt Verstärkung!», antwortete die schwarze Stute ganz selbstsicher.
Der schwarze Ratsherr fand es an der Zeit, auch einmal wieder einen Hinweis zu geben. «Soldat Emmy, geh du voran, dann kann ich wenigstens hinaus», sagte er müde.

Der Lehrer war sehr zufrieden, dass bis jetzt noch keines der Kinder ihn hatte besiegen können, auch Victor nicht.

Es war das erste Mal, dass er Sara ganz konzentriert sah. Sonst rutschte sie ständig auf ihrem Stuhl herum und schaute andauernd nach draußen. Jetzt aber saß sie mit roten Backen über ihr Schach-
7.) …, e7-e5 brett gebeugt. Sie schob ihren schwarzen Bauern von e7 nach e5.

Schade! Nun konnte er ihr schwarzes Pferd nicht gefangen
8.) f2-f4, … nehmen. Der Lehrer beschloss, dann eben den Bauern von f2 nach f4 vorzurücken. So griff er Saras Bauern auf e5 an. Hoffentlich fiel sie darauf herein und schlug seinen Bauern. Aber eigentlich wusste er schon, dass es eine bessere Möglichkeit gab.

Nur Mariette, Sara, Victor und ein Junge aus einer anderen Klasse spielten noch. Alle anderen Kinder hatten inzwischen verloren. Mariette schob einen Bauern vor. Sie sah nicht, dass dadurch ihre Königin geschlagen werden konnte.

Der Lehrer zögerte keine Sekunde und stellte ohne Nachsicht Mariettes Königin neben das Brett. So! Diese Partie war auch gewonnen.

«O jemineh, das habe ich nicht gesehen! Darf ich noch einmal zurück?», fragte Mariette erschrocken.

«Wir müssen uns an die Regeln halten, Mariette.»

«Habe ich jetzt verloren?» Sie konnte es fast nicht glauben.

«Ja, ohne Königin ist es aussichtslos.»

«Darf ich dann morgen auch nicht gegen Bob Hooke spielen?», fragte sie bestürzt.

Der Lehrer dachte nach. Mariette sollte nicht mitmachen gegen Bob Hooke? Sie war seine beste Schülerin. Er persönlich hatte ihr beigebracht, Schach zu spielen.

«Selbstverständlich doch. Solch ein Fehler kann jedem einmal passieren, aber du musst mir versprechen, dass du gegen Bob Hooke besser spielst.»

Mariette sprang freudig von ihrem Stuhl auf. «Ich darf mitspielen! Ich darf mitspielen!», schrie sie beinahe.

Der Lehrer bat sie, still zu sein. Es saßen noch andere Kinder beim Schachspiel.

22

Eigentlich hatte der Lehrer nur mit einer Partie wirklich Mühe, und das war die Partie gegen Sara. Er nahm sich vor, sich gut darauf zu konzentrieren. Sara sollte spüren, wer hier der Stärkere war. Und wenn sie verlor, durfte sie selbstverständlich nicht gegen Bob Hooke spielen.

Ach ja, Victor spielte auch noch. Keine leichte Partie, aber klar aufgebaut. Der Junge verstand etwas davon. Schnell zog der Lehrer und ging dann weiter zu Sara.

Sara wusste genau, was zu tun war. Sie schob ihren schwarzen
8.) ..., Lf8-b4 Läufer nach b4.

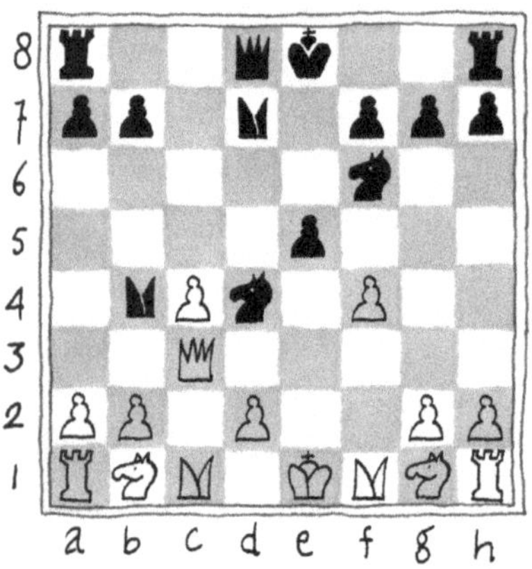

«Sehr gut, treibe mich nur in die Enge», sagte die weiße Königin zufrieden.

Der schwarze Ratsherr neigte sich ihr zu. «Ich hoffe, dass Ihr mich gefangen nehmen werdet», sagte er schelmisch.

Die weiße Königin lächelte. «Damit dann Pferd Kim nach c2 springen kann? Oh nein», sagte sie.

Der schwarze Ratsherr nickte nur. Sie war ebenso schlau wie schön.

Das Pferd schnaubte vergnügt. «Wenn ich dort stehe, biete ich dem König Schach, und wenn der dann wegrückt, kann ich den weißen Turm schlagen, aber auch … die weiße Königin!», wieherte es.

Die weiße Königin sah Sara an. «Schade, aber so dumm wird der Lehrer wohl nicht sein.» Das glaubte Sara auch nicht.

Der Lehrer schlug den Läufer tatsächlich nicht. Es überraschte ihn, dass Sara eine solch schlaue Taktik verfolgte. Ihr Spiel wurde

immer besser. Aber nur nicht zu lange dabei aufhalten! Das Wichtigste war jetzt, dass er seine Königin in Sicherheit brachte. Er schob sie nach d3. *9.) Dc3-d3, ...*

Die schwarze Hofdame winkte Sara zu. Sie hoffte, auch einmal in Aktion treten zu dürfen. «Darf ich jetzt die Königin bedrohen?»

«Ja, das wird das Beste sein», sagte Sara fröhlich.

Auch diesmal sprach sie so laut, dass der Lehrer sich nach ihr umschaute und einige Kinder zu tuscheln und zu kichern anfingen. Aber Sara kümmerte sich nicht darum. Auf ihrem Schachbrett war es viel spannender und vergnüglicher als im Saal.

Weil sie eine der wenigen war, die noch nicht verloren hatte, stellten sich mehrere Kinder hinter sie, um zuzuschauen. Mariette drängelte sich nach vorne. Sara war einen Bauern im Rückstand, so gut spielte sie also doch nicht.

Der Lehrer machte schnell einen Zug gegen Victor und kehrte zu Sara zurück. Diese setzte ihren schwarzen Läufer auf f5. *9.) ..., Ld7-f5*

10.) Dd3-g3, ... Der Lehrer schob seufzend seine Königin nach g3. Wieder ein erzwungener Zug! Es war doch ärgerlich, dass er ständig seine Königin in Sicherheit bringen musste.

Die weiße Königin fand, dass der Lehrer eine äußerst merkwürdige Art zu spielen hatte. Sie stand mutterseelenallein vor der vorderen Linie. Außer ein paar Soldaten war noch niemand zum Zuge gekommen, weder der Ratsherr noch die Hofdame noch die Pferde. Das schwarze Pferd Kasper hatte nichts dagegen. Es hoffte, nun einmal sein Können zeigen zu dürfen. e4 schien ihm ein ganz guter Platz zu sein.

Um Saras Schachbrett wurde es eng. Der Lehrer stellte besorgt fest, dass selbst die Kinder merkten, wie schwer er sich tat.

10.) ..., Sf6-e4 Sara setzte das schwarze Pferd wirklich auf e4.

Der Lehrer grinste. Er sah eine Möglichkeit, wie er diese ärgerliche Partie mit einem Schlag beenden konnte. Er schob seine Kö-
11.) Dg3-g7, ... nigin ganz nach vorne und schlug wieder einen von Saras Bauern.

Mariette war die Einzige, die durchschaute, was er vorhatte.

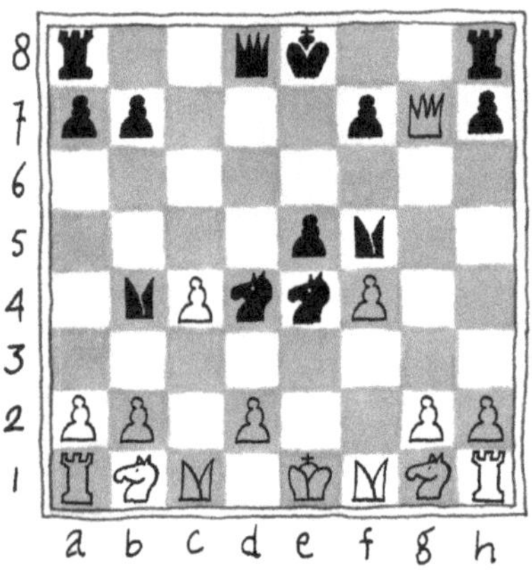

«Beim nächsten Mal schlägt er den Turm. Ihr werdet sehen. Jetzt hat sie verloren.»

Und wirklich. Der schwarze Turm schaute der weißen Königin genau ins Gesicht. Sie brauchte nur ein bisschen schräg zur Seite zu gehen, und schon war er gefangen. «Oh, oh, jetzt heißt es aufpassen!», sagte er.

Kim, das schwarze Pferd, wurde immer vergnügter. «Wollen wir dem König jetzt mal Schach bieten?»

11.) ..., Sd4-c2† Sara zog ihr Pferd von d4 nach c2.

«Schach», flüsterte sie.

«Ja, das sehe ich auch!» Selbstverständlich sah er es. Was für eine mühsame Partie! Jetzt musste er seinen König retten. Also ab mit
12.) Ke1-e2, ... ihm nach e2. Aber dann wollte er wirklich Saras Turm schlagen.

Der Lehrer beschloss, die Partie gegen Victor zu beenden, und bot ihm ein Unentschieden an.

«Aber ich habe doch verloren», sagte Victor verständnislos.

Der Lehrer war mit seiner Geduld am Ende. «Unentschieden?», fragte er drängend.

Victor war einverstanden. Unentschieden war besser als verloren. Er streckte die Hand aus. «In Ordnung!»

Hastig schüttelte der Lehrer ihm die Hand und ging weiter. Während an der Tafel unter VERLOREN eine ganze Reihe Namen standen, war in der Spalte UNENTSCHIEDEN außer Victor nur noch ein anderer Spieler notiert. Unter GEWONNEN stand noch gar nichts.

Der Lehrer war wieder bei Saras Brett angelangt.

«Wollen wir?», fragte Sara.

Der Lehrer war sich sicher, dass sie das sagte, um ihn zu ärgern.

Aber Sara hatte mit der schwarzen Königin einen Plan entworfen.

«Ihr werdet doch keine Dummheiten machen?», fragte der schwarze König, der nicht viel von schlauen Plänen hielt.

Seine Frau versuchte ihn zu besänftigen. «Es sieht vielleicht dumm aus, aber trotzdem …»

Das klang für den schwarzen König alles andere als beruhigend. Er war davon überzeugt, dass etwas Schreckliches im Anzug war. Mit geschlossenen Augen wandte er sich ab.

Sara nahm die schwarze Königin und schob sie nach d3. *12.) …, Dd8-d3†*

Na endlich!, dachte der Lehrer.

Victor schaute Sara erschrocken an. Hatte sie denn nicht gesehen, dass ihre Königin geschlagen werden konnte? Jetzt hatte sie wirklich verloren.

Mit sichtlicher Genugtuung schlug der Lehrer Saras Königin *12.) Ke2xd3, …* und nahm sie vom Brett.

Vorsichtig öffnete der schwarze König die Augen. Als er seine Frau neben dem Spielbrett stehen sah, brach eine Welt für ihn zusammen. Ratlos blickte er Sara an. «Warum hast du das getan? Jetzt sind wir verloren!»

Das klang so verzweifelt, dass alle eine Gänsehaut bekamen. Auch Sara wurde es unbehaglich zumute.

Mariette war auf einmal ganz beruhigt. «Da seht ihr es, so war es bei mir auch. Jetzt hat sie verloren. Sie stellt sich noch dümmer an als ich.»

Sie zog ihre Freundinnen mit sich fort. Hinten im Saal setzten sie sich neben ihre Mütter auf eine Bank. Gleich würde der Lehrer bekannt geben, wer gegen Bob Hooke spielen durfte, und Mariette war sicher, dass sie mitmachen durfte und Sara nicht.

Sara wurde vor Aufregung ganz heiß. Sie wusste, was sie tat. Sie hatte sich etwas ausgedacht!

23

Sara beugte sich tief über ihr Schachbrett. Victor versuchte ihr ins Gesicht zu schauen, aber er sah nur ihre Haare. Sie hatte anfangs so gut gespielt, und nun ließ sie ihre Königin gefangen nehmen! Jetzt durfte sie morgen nicht gegen Bob Hooke spielen. Ob sie weinen würde? Victor hatte Sara noch nie weinen sehen. Meist schaute sie einen mit großen, glänzenden, fragenden Augen an. Er hätte am liebsten den Arm um sie gelegt.

Saras Augen wanderten blitzschnell über das Schachbrett. Vielleicht ging das gar nicht, was sie sich ausgedacht hatte … Sollte sie sich getäuscht haben?

Die Spannung auf dem Schachbrett war zum Schneiden. Das schwarze Pferd Kasper hüstelte und fragte dann leise, ob es nun vielleicht nach g3 durfte.

Sara nickte.

Der Lehrer wollte Saras Turm schlagen, um dann ihren König nach vorn zu treiben. Danach wäre alles ganz einfach. In ein paar Zügen könnte er sie besiegen. Natürlich würde sie nicht freiwillig aufgeben, das taten Anfänger nie. Sie sahen meistens nicht einmal, dass sie verloren hatten.

Er wurde ungeduldig. Aha! Sie führte ihren Zug aus. Es wurde aber auch Zeit.

Sara zog das schwarze Pferd Kasper auf g3. *13.) …, Se4-g3†*

Der Lehrer hörte Sara «Schach» sagen. Wie lästig. Sie bot wieder Schach.

«Ja, das sehe ich auch!», sagte er viel zu kurz angebunden. Das arme Kind konnte doch nichts dafür. Wenn man sich selbst das

Schachspielen beibrachte, bekam man eben eine seltsame, unvorhersehbare Art zu spielen. Es war allerdings sehr irritierend. Nun musste er seinen König wieder in Sicherheit bringen, bevor seine Königin ihren Siegeszug antreten konnte.

Mal schauen. Wohin sollte er den König setzen? Wieder zurück auf e2? Nein, das ging nicht! Nach der anderen Richtung? Er fühlte, wie er rot im Gesicht wurde. Nein, das ging auch nicht … Und nach … Das war auch unmöglich. Seine Augen prüften ängstlich die Umgebung des Königs.

Victor sah es, sogar der Hausmeister, der sich dazugesellt hatte, sah es. Alle sahen es. Der Lehrer natürlich auch, nur, er hoffte, dass er sich täuschte.

Victor hatte noch nie jemanden so Schach spielen sehen. Er dachte, Sara hätte verloren, und nun … Sie hatte sie alle an der Nase herumgeführt.

Der weiße König wurde immer ausgelassener. Zur Sicherheit begann er alle Felder um sich herum zu kontrollieren.

«Seht! Auf c3 kann der Ratsherr mich gefangen nehmen.»

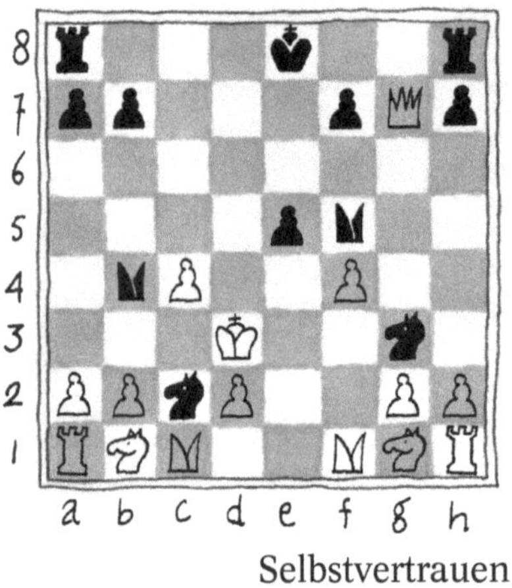

Der schwarze Ratsherr verbeugte sich tief.

«Und hier kann ich von diesem Soldaten gefangen genommen werden», sagte der König und stellte sich auf d4. Emmy, der schwarze Soldat, winkte Sara fröhlich zu.

Der König schritt auf e4 und blinzelte der schwarzen Hofdame zu. «Und hier von dieser charmanten Dame.» Die Hofdame errötete bei diesen Worten.

Der König schmunzelte. Er war unwiderstehlich, das wusste er selbst sehr gut. Voller Selbstvertrauen ging er weiter nach e3. «Hier von dem einen Pferd, und wenn ich auf e2 stehe, werde ich von dem anderen Pferd gefangen genommen. Es ist großartig … Ein echtes Wunder!»

Er wusste es jetzt ganz genau, brauchte nicht einmal seinen Ratsherrn zu fragen.

«Ich habe verloren, wirklich ganz und gar vollständig verloren.»
Alle anderen waren mit ihm einig. Der König konnte nach keiner Richtung ziehen. Schlimmer konnte man fast nicht verlieren.

Der König lachte aus vollem Halse, so amüsant fand er es.

Der Ratsherr schauderte. Es war trotzdem ungehörig, sich so zu freuen, wenn man verloren hatte.

Wie konnte er so plötzlich verlieren? Was hatte er falsch gemacht?

Der Lehrer begriff, dass nichts mehr zu machen war. Er war matt gesetzt. Heute Abend, wenn er allein war, wollte er die Partie noch einmal nachspielen.* Aber jetzt musste er etwas tun, sonst dächten sie noch, er sähe nicht, dass er verloren hatte. Das Schlimmste war, dass er diesem kleinen Mädchen die Hand geben musste …

So nachlässig wie möglich legte er den weißen König um.

Vielleicht ist es in der Menschenwelt ganz normal, einen König umzulegen, aber auf dem Schachbrett schlug diese Geste ein wie eine Bombe. Der weiße König erklärte gerade, dass es nicht schlimm sei zu verlieren, wenn man nur daraus lerne. Plötzlich rollte er mit großer Geschwindigkeit über das Brett. So etwas war ihm nun noch nie passiert. Seine Untertanen rannten erschrocken zu ihm hin.

«Sie dürfen den König nicht umwerfen», rief Sara erbost dem Lehrer zu.

* Siehe Seite 171.

«Das macht man so, wenn man aufgibt», sagte der Lehrer ärgerlich. Sara blickte ihn wütend an.

Der König rappelte sich auf. Was sollte das?! Auf diese Art war Verlieren tatsächlich nicht nett. Er schaute zu dem Lehrer auf.
«War das denn nötig?»

Aber der Lehrer hörte ihn natürlich nicht.

«Sara, du hast gewonnen», sagte Victor.

Sara sah, dass der König schon wieder heftig gestikulierend über das Schachbrett lief. Sie lachte.

Der Lehrer reichte ihr die Hand. «Gratuliere», sagte er verdrießlich. Dann zwang er sich zu einem Lächeln und ging fort, froh, dass es vorbei war.

Bald darauf klatschte er übertrieben laut in die Hände. Im Saal wurde es still. Die Kinder umringten ihn, sie wollten wissen, wer nun morgen gegen Bob Hooke spielen durfte.

«Mariette, Victor, Thomas und ... Sara dürfen morgen in dem Simultanturnier gegen Bob Hooke spielen», sagte der Lehrer, als wäre das völlig selbstverständlich.

«Wieso?», fragte Mariette erstaunt. «Darf Sara mitspielen?» Sie hatte doch verloren, genau wie sie selbst! Nicht? Bestimmt hatte Victor ihr geholfen!

«Schau her, Sara», sagte der Hausmeister und zeigte auf die Tafel. Ihr Name stand ganz allein in der Spalte GEWONNEN. «Du bist die Einzige, die gewonnen hat. Ich gratuliere dir!»

Victor strahlte Sara so an, dass sie lachen musste. Jetzt erst dämmerte es ihr, dass sie also auch gegen Bob Hooke spielen durfte. «Ich darf mitmachen? Bestimmt?», fragte sie verdutzt.

Victor nickte.

Sara nahm die Königin vom Schachbrett und drückte sie an sich. «Wir dürfen mitspielen», flüsterte sie ihr zu. «Wir dürfen mitspielen!»

24

Sara stürmte in das Arbeitszimmer ihres Großvaters. Dieser streckte wie immer die Hand aus, während er weiterlas. Sara wollte etwas sagen. Sie zog an seinem Ärmel. Sie hatte gegen den Lehrer gewonnen. Sie hatte Schach gespielt und gewonnen! Aufgeregt hüpfte sie um ihn herum.

«Was ist denn, Sara?» Er schaute sogar von seinem Buch auf.

«Opa, Opa!» Weiter kam sie nicht.

Das Kind weiß ja selbst nicht, weshalb es sich so freut, dachte er. Nun, er konnte es sich denken. «Freust du dich, weil die Sonne scheint?», fragte er und las weiter.

Die Mutter kam nach Hause.

«Mama!»

«Ja, Sara, was ist denn?» Sie hatte die Arme voller Einkäufe.

«Mama!», sagte Sara noch einmal.

«War es nett in der Schule? Das freut mich», sagte die Mutter und ging weiter in die Küche.

Sara rannte die Treppe hinauf. Sie konnte niemandem davon erzählen.

Ihr Heft mit den Zeitungsausschnitten war zu einem regelrechten Tagebuch geworden. Alles, was sie gut oder doof fand, schrieb sie darin auf, und sie klebte Bilder dazu, die sie selbst gemalt oder ausgeschnitten hatte.

ICH DARF MITSPIELEN!, schrieb sie mit großen Buchstaben neben die Ankündigung des Simultanturniers mit Bob Hooke.

Die Königin stand auf dem Fensterbrett und schaute zu. Sie freute sich, dass Sara glücklich war.

Sara studierte die Ankündigung noch einmal gründlich. Morgen würde sie gegen ihn Schach spielen: gegen ihren eigenen Vater!

Später saß sie mit ihrem Großvater vor dem Fernseher. Großvater wechselte das Programm, und der Reporter des Westend-Turniers erschien auf dem Bildschirm.

«Heute wurde die letzte Partie im Westend-Turnier gespielt, und auch diesmal hat Bob Hooke klar gewonnen.»

Bob Hooke erschien. Etwas verlegen schaute er in die Kamera. Sara hielt den Atem an.

Ihr Großvater runzelte die Stirn. Dieser Bob Hooke kam ihm irgendwie bekannt vor. Wie er auftrat und wie er sich bewegte und wie er so in die Kamera schaute …

Munter fing der Reporter an, ihm Fragen zu stellen. «Ich gratuliere Ihnen zu Ihrem Sieg. Und was sind jetzt Ihre Pläne, nach dem Turnier? Werden Sie noch eine Weile in den Niederlanden bleiben?»

«Morgen kehre ich zum ersten Mal seit langem nach Hause zurück, zu meiner Familie», antwortete Bob Hooke höflich auf Südafrikanisch.

Sara gefiel der Klang dieser Sprache. Sie wollte auch Südafrikanisch lernen.

«Haben Sie Frau und Kinder in Südafrika?» Der Reporter hoffte, dass dieser Schachspieler jetzt endlich einmal etwas Persönliches über sich erzählen würde.

Sara hörte gespannt zu. Sollte ihr Vater mit einer anderen Frau verheiratet sein und noch mehr Kinder …? Hoffentlich kam die Mutter jetzt nicht herein und schaltete den Fernseher aus. Sara setzte sich noch näher an den Apparat.

Aber Saras Mutter hatte gar nicht vor hereinzukommen. Sie stand draußen auf dem Flur und wartete genauso gespannt wie Sara auf die Antwort.

Bob Hooke lächelte befangen. «Nein, ich bin nicht verheiratet, und ich habe auch keine Kinder. Daran habe ich nie gedacht.»

Und ich?, dachte Sara. Ich bin doch ein Kind, sein Kind. Oder war er etwa gar nicht ihr Vater? Ihr schwindelte.

«Aber?» Der Reporter versuchte, noch mehr aus Bob Hooke herauszubekommen.

Saras Großvater warf empört die Zeitung auf den Boden.

«Antworte doch nicht auf solche blöden Fragen!», rief er verärgert aus.

Bob Hooke war jetzt wirklich verlegen, aber er wollte ehrlich sein. «Kein Aber. Nachdem die beste Frau der Welt mich abgewiesen hat, habe ich aufgegeben.»

Saras Mutter senkte den Kopf. Unwillkürlich griff sie nach dem Bändchen an ihrem Arm.

Bob Hooke wollte keine weiteren Fragen beantworten, und deshalb richtete der Reporter sich an die Zuschauer daheim. Bob Hooke sei vielleicht unglücklich in der Liebe, aber im Spiel habe er dafür umso mehr Glück, sagte er. «Morgen spielt Bob Hooke, ehe er nach Südafrika zurückfliegt, noch einen Simultanwettkampf. Jeder, der mag, kann kommen und zuschauen.»

Großvater stieß Sara an. «Wäre das nicht etwas für dich, Sara? Du lernst doch gerade Schach spielen?»

In dem Augenblick kam die Mutter ins Zimmer. Sie hatte gehört, was der Großvater sagte, und überlegte nervös, wie sie verhindern könnte, dass Sara zu dem Schachturnier ging.

«Ich werde mir morgen einen Tag freinehmen. Dann gehen wir in den Zoo und danach in die Stadt. Wir haben schon so lange nichts mehr zusammen unternommen. Ich freue mich schon darauf. Du auch?» Ihr Stimme klang unnatürlich hoch und angespannt.

Sara antwortete nicht. Sie hatte die Worte der Mutter kaum wahrgenommen.

Nein, ich bin nicht verheiratet, und ich habe keine Kinder, hämmerte es in ihrem Kopf.

Der Innenhof des Palastes lag verlassen im Mondschein.

«Was ist los, Sara?» Die Königin kauerte besorgt vor dem Mädchen. Sara fühlte sich mehr denn je wie ein Versager. Bob Hooke war überhaupt nicht ihr Vater. Aber wie konnte sie es erklären, ohne dass die Königin sie für eine Angeberin hielt?

«Ich kann nicht», sagte sie kleinlaut.

«Was kannst du nicht?»

«Schach spielen, morgen ...» Sie wagte kaum, der Königin in die Augen zu schauen.

Die Königin war in der Tat ziemlich erstaunt. «Du kannst morgen nicht spielen? Und was ist mit deinem Vater?»
Der Ratsherr hatte dem Gespräch von weitem zugehört und fand es jetzt an der Zeit, einen guten Rat beizusteuern.
«Wenn ich etwas sagen darf …» Er kam in den Innenhof. «Vielleicht hat Sara Recht, wenn sie nicht gegen so einen berühmten Schachspieler antreten möchte.» Er dachte, Sara wagte es nicht, aus Angst, schlecht zu spielen.
«Der Lehrer hat nun wirklich nicht besonders gut gespielt. Ich meine, der Mann hört überhaupt nicht zu, aber man kann nicht davon ausgehen, dass jeder so dumm spielt», führte er in belehrendem Ton aus.
Die Königin bedeutete ihm mit einer Geste, Sara nicht weiter zu entmutigen. Aber der Ratsherr wollte Sara nicht entmutigen. Er wollte realistisch sein. Schließlich hatte man bei dem Lehrer gesehen, wohin Übermut führte.
Die Königin dachte jedoch überhaupt nicht an Fehlermachen oder Verlieren. Das fand sie überhaupt nicht schlimm. Sie wollte, dass Sara einfach aus Freude spielte.
«Nun gut, aber es würde Sara noch mehr Freude machen zu gewinnen. Besonders gegen ihren Vater», behauptete der Ratsherr.

Da war sich die Königin gar nicht so sicher.
«Auf jeden Fall kann es nicht schaden, wenn wir einige Grundzüge des Spieles noch einmal durchsprechen», sagte der Ratsherr und lief in die Mitte des Spielfeldes. Er hatte nämlich eine Schachtheorie entwickelt und wollte die gerne zum Besten geben.
Sara blickte noch immer todunglücklich drein.
«Wenn du nicht Schach spielen willst, dann musst du auch nicht», sagte die Königin tröstend.
Aber Sara wollte ja.
Die Königin neigte sich zu ihr. «Du brauchst wirklich nicht traurig zu sein, Sara. Du hast doch nichts falsch gemacht.»
Möglicherweise hatte sie wirklich nichts falsch gemacht. Sara war sich nicht sicher.
Auf einmal verstand die Königin, wo Sara der Schuh drückte. Es war seltsam, aber die weiße Königin konnte einfach in Saras Augen lesen, ohne dass ein Wort gesagt wurde. Sie legte ihr einen Arm um die Schultern.
«Ich werde es niemandem erzählen, Sara. Nie. Geh du nur ruhig wie die anderen Kinder morgen Schach spielen. Es braucht keiner zu wissen, was du gedacht hast», flüsterte sie leise.
Sara schaute die Königin verblüfft an.
Diese zwinkerte ihr zu und ergriff ihre Hand. «Komm, dann wollen wir mal hören, was der Ratsherr uns zu sagen hat.»
Sara fühlte sich sehr erleichtert. Ja, sie würde morgen gegen Bob Hooke spielen, wie die anderen Kinder auch.

25

Am nächsten Morgen wachte Sara sehr früh auf. Sie wagte nicht, Licht zu machen, und suchte im Dunkeln nach dem hübschen blauen Kleid mit den aufgestickten Schiffchen. Bevor sie gestern zu Bett gegangen war, hatte sie sich besonders gründlich gewaschen, so dass es jetzt nicht mehr nötig war. Sie zog das Kleid an, machte die Knöpfe zu und kämmte sich.

Dann setzte sie sich mit dem Schachbrett auf dem Schoß auf ihr Bett und wartete auf die Dämmerung. Auf ihrem Wecker sah sie, dass es Viertel nach vier war. Wann wurde es eigentlich hell? Sie hatte keine Ahnung. Ihr Magen knurrte. Jetzt wäre ein gutes Marmeladenbrot genau das Richtige. Aber sie würde ihre Mutter wecken, wenn sie sich in der Küche ein Brot machte.

Sara lauschte auf die nächtlichen Geräusche draußen. Es war wirklich noch sehr still.

Erst um fünf Uhr wurde der Himmel dunkelrot. In den Baumwipfeln fing sich das erste Morgenlicht. Selbst dann blieb sie noch eine Weile sitzen. Sie fand es unheimlich, im Dunkeln draußen zu sein. Der Deich lag so einsam.

Endlich, um halb sechs, schlich sie sich aus ihrem Zimmer, über den Flur und die Treppe hinunter. Das Schachbrett hatte sie fest unter den Arm geklemmt.

Aus Großvaters Arbeitszimmer schimmerte Licht durch den Türspalt. Wahrscheinlich war er wieder über seinen Büchern eingeschlafen.

Sara wusste genau, welche Treppenstufen knarzten. Einmal trat sie aus Versehen falsch auf und erschrak, aber das Geräusch war so leise, dass niemand es gehört haben konnte. Sie huschte zur Diele, nahm vorsichtig ihre Jacke von der Garderobe und horchte kurz. Nur das Ticken der Uhr war zu hören.

Langsam öffnete sie die Haustür, die leise quietschte. Die Sonne, die eben über dem Deich aufging, schien herein.

Sara rannte über den Deich zum Dorf. Victor schlief bestimmt noch, denn das Turnier begann erst um halb zehn, und es war noch nicht einmal sechs Uhr.

Der Laden von Victors Vater lag ganz ruhig da. An der Tür hing das Schild, auf dem GESCHLOSSEN stand.

Es gab keine Türklingel. Sara klopfte behutsam an das Fenster. «Victor, Victor!», rief sie leise, um die Nachbarn nicht zu wecken.

Nachdem sie fünf Minuten beharrlich geklopft hatte, erschien Victor im Schlafanzug und mit verschlafenem, aber fröhlichem Gesicht im Laden. Er war gar nicht erstaunt, dass Sara so früh bei ihm erschien, sondern freute sich darüber.

Sie setzten sich an den großen Tisch und begannen Schach zu spielen. Victor stellte die Keksdose auf den Tisch, und Sara steckte genüsslich mehrere Kekse auf einmal in den Mund.

Als um halb neun Victors Vater in den Laden kam, erschraken die beiden, so vertieft waren sie in ihre Partie. Obwohl Victors Vater verblüfft war, dass Sara schon so früh erschienen war, stellte er keine Fragen. Die Kinder würden es ihm schon erzählen, wenn sie es für richtig hielten.

Er betrachtete kurz seinen Sohn. Victor saß mit roten Ohren über das Schachbrett gebeugt. An der Aufstellung konnte man sehen, dass die Kinder wirklich viel gelernt hatten. Es war doch schade, dass er selbst nicht zu dem Simultanwettkampf gehen konnte. Er hätte gerne gesehen, wie sie gegen Bob Hooke spielten, aber der Laden musste heute geöffnet sein, und er hatte niemanden gefunden, der ihn vertreten konnte. Außerdem kam Saras Mutter auch nicht mit. Wahrscheinlich fanden die beiden es gerade gut, mal allein zu sein.

Am Wochenende schlief Sara gewöhnlich bis neun Uhr. Deswegen wunderte sich ihre Mutter nicht, dass sie noch nicht erschienen war. Sie beschloss, sie noch schlafen zu lassen, bis sie mit Annie telefoniert hatte. Annie war eine gute Freundin und arbeitete in ihrem Laden.

«Was willst du machen, Susan?», fragte Annie neugierig, als Saras Mutter sagte, dass sie heute nicht kommen würde.

«Mit Sara in die Stadt und in den Zoo gehen. Ich habe schon so lange nichts mehr mit ihr unternommen», antwortete sie.

Annie wollte gerade zu einer längeren Rede über die neugeborenen Giraffenjungen ansetzen, aber da betraten die ersten Kunden den Laden. «Das ist schon in Ordnung. Ich kann dich heute vertreten. Also dann viel Spaß mit deiner Tochter», sagte sie munter und legte auf.

Susan stieß einen Seufzer aus und rief die Treppe hinauf: «Sara! Sara, kommst du?» Sie war schon auf dem Weg in die Küche, als ihr auffiel, dass sie keine Antwort bekommen hatte. Sie rief noch einmal lauter.

Sara und Victor gingen zusammen zur Bushaltestelle. Der Bus brauchte fünf Minuten bis zu dem Gebäude im Westen der Stadt, in dem das Turnier stattfinden sollte. Sie hatten also reichlich Zeit.

Victor hatte, ohne es seinem Vater zu sagen, eine Kopfwehtablette genommen. Der Vater machte sich ohnehin schon genug Sorgen. Er hatte bestimmt dreimal gefragt, ob Victor nicht zu müde sei und er sie besser mit dem Auto hinbringen solle. «Na-hein», hatte Victor trotzig geantwortet. Er war nicht müde. Er wollte Schach spielen und nicht über Kopfschmerzen und andere unangenehme Dinge nachdenken.

Als der Bus kam, setzten sie sich nebeneinander in die letzte Sitzreihe, das Schachbrett sicher zwischen sich verstaut.

Susan ging die Treppe hinauf. Sara antwortete sonst immer gleich, warum also jetzt nicht?

«Sara?», wiederholte sie.

Wieder blieb es verdächtig still. Sie rannte ins obere Stockwerk und öffnete die Tür zu Saras Zimmer. Dort war gar keine Sara!

Susan trat wieder auf den Gang hinaus und rief noch einmal: «Sara!» Diesmal rief sie so laut, dass es durch das ganze Haus schallte. Saras Großvater hörte es. Er kam aus seinem Arbeitszimmer und schaute nach oben.

«Hast du Sara gesehen?», fragte seine Tochter aufgeregt.
«Nein! Ist sie denn nicht oben?»
«Sie ist weg!»

Offensichtlich hatte Sara in ihrem Schrank gestöbert, denn verschiedene Kleider lagen auf dem Boden. Mechanisch hängte Susan sie über einen Stuhl. Darunter entdeckte sie Saras Tagebuch, das aufgeschlagen dalag. Sie hob es ganz langsam auf, so dass sie das verarbeiten konnte, was sie da las. Denn die Ankündigung des Simultanturniers gegen Bob Hooke und daneben die kindlichen Buchstaben ICH DARF MITSPIELEN! waren nicht zu übersehen.

Nein, nein, das durfte nicht sein! Sie schlug das Album zu, legte es auf Saras Schreibtisch und versuchte nachzudenken. Dann drehte sie sich plötzlich um und lief aus dem Zimmer.

In der Tür stieß sie fast mit ihrem Vater zusammen, der die Treppe heraufgekommen war. «Wo ist denn nun Sara?», fragte er.

Seine Tochter antwortete nicht und verschwand nach unten.

26

Susan riss ihren Mantel von der Garderobe und rannte aus dem Haus. Sie konnte wohl kaum in den Schachsaal stürmen und Sara einfach mitzerren …

Aber sie musste dorthin. Sie musste wissen, was da vorging. Wenn Sara nur nichts sagte. Bob würde maßlos erschrecken. Nein, das durfte nicht geschehen. Sie musste verhindern, dass die beiden sich begegneten. Wenn sie nur nicht zu spät kam!

An beiden Seiten der Eingangstreppe hingen große Tücher mit dem Logo des Schachturniers. Sara und Victor stiegen die Treppe hinauf. Das Gebäude, das sie schon einige Male im Fernsehen gesehen hatten, erschien in Wirklichkeit noch größer. Sara betrachtete die Fotografien der Schachspieler, die in der Halle hingen.

Eine Betreuerin der Veranstaltung hielt sie auf. Sie prüfte die Liste mit den Teilnehmern, konnte aber ihre Namen nicht finden. Zum Glück kam der Lehrer dazu und erklärte, dass sie zu ihm gehörten. Er nahm Victor und Sara mit in den Saal.

Der Raum war imposant, voller großer, viereckiger Tische für die Spieler. Bei jedem Schachbrett stand ein Schildchen mit dem Namen des Spielers.

Sara sah, dass sie neben Victor saß. Sie schaute nach, wer auf ihrer anderen Seite sitzen sollte. Mariette! Wie gut, dass sie noch nicht da war.

Sara schob das Wettkampfbrett, das auf dem Tisch lag, energisch zur Seite und begann, ihr eigenes, schönes Schachspiel aufzubauen.

Sofort kam der Lehrer zu ihr. «Das geht hier nicht. Du musst auf einem Wettkampfbrett spielen.»

«Ich will mit meinem eigenen Schachspiel spielen», sagte Sara entrüstet. Sie hatte es dem König versprochen, und das ganze Königreich freute sich darauf.

«Sara! Das geht nicht. Es gäbe ein schönes Durcheinander, wenn jeder sein eigenes Schachspiel mitbrächte. Wenn du mir nicht glaubst, dann fragen wir die Frau dort.» Er winkte die Betreuerin herbei.

Natürlich gab die dem Lehrer sofort Recht. «Wie schade für dich. Du hast da ein schönes Spiel, aber es ist leider wirklich nicht erlaubt.»

«Du würdest mit dem Spiel Herrn Hooke doch nur verwirren», versuchte es der Lehrer noch einmal mit Geduld.

Das glaubte Sara ganz und gar nicht.

«Pack es nur schön wieder ein.» Der Lehrer begann die Figuren vom Brett zu nehmen.

Die Betreuerin blieb daneben stehen und schaute Sara mit einem Blick an, der zu sagen schien: Es stimmt schon, was dein Lehrer sagt.

Sara legte die Schachfiguren langsam in das Samtetui zurück. Nur die Königin behielt sie bei sich und stellte sie vor sich auf den Tisch.

«Du wirst es bestimmt schaffen», sagte Victor leise.

Sara schaute auf die Königin und hoffte, dass sie zum Leben erwachen und ihr zulächeln würde. Aber die Königin blieb eine bloße Figur aus Stein – schön und leblos.

Ich kann doch mit einem gewöhnlichen Schachspiel überhaupt nicht spielen, dachte Sara.

Schon von weitem sah Susan das riesige Foto von Bob Hooke. Sie musste sich beeilen. Das Simultanturnier konnte jeden Augenblick beginnen. Aber was sollte sie tun? Was sollte sie sagen, wenn er sie sah? Sie war älter geworden, wie er. Würde er sie wiedererkennen? Sie betrachtete sich im Spiegel der Glastür. Altbacken sah sie aus, richtig altbacken.

Würde sie Sara finden können? Die Beine wurden ihr schwer, es kam ihr vor, als würde sie die Treppenstufen nie schaffen.

Sie blieb stehen. Erst musste sie wissen, was sie Sara sagen sollte. Und was sie tun wollte, wenn sie ihn traf.

Mariette trug ein prächtiges Kleid mit weißen Spitzenschleifchen. Bevor sie sich setzte, strich sie ihr Kleid glatt.

«Du wirst es bestimmt sehr gut machen, mein Schatz», flüsterte ihr Vater ihr ins Ohr.

Mariette sah kurz zu Sara hinüber.

«Da ist er!», rief Victor auf Saras anderer Seite.

Sara begann zu glühen, und dann hörte sie seine Stimme, ruhig und klangvoll. Er kam näher. Sie blickte sich vorsichtig um. Seine Augen waren dunkler als auf dem Foto. Er war auch größer, als sie gedacht hatte, und ging etwas gebeugt. Seine Arme schlenkerten unbeholfen, als gehörten sie nicht zu ihm und als wüsste er nicht, wo er sie lassen sollte. Plötzlich schaute er in ihre Richtung. Sara drehte sich schnell um.

Und dann legte sich eine Hand auf ihre Schulter. Sara erstarrte vor Schreck. Jemand flüsterte ihr etwas ins Ohr.

«Wirst du dich auch anstrengen?» Es war der Lehrer.

Sara nickte und atmete erleichtert auf.

Der Saal war gut gefüllt. Etwa fünfzig Menschen saßen hinter den Schachbrettern. Und viele Zuschauer waren gekommen, Eltern und Freunde der Spieler. Sie sprachen leise miteinander.

Der Veranstalter des Turniers hielt eine Rede. Er sagte, wie sehr er sich freue, dass Bob Hooke bereit sei, diesen Simultanwettkampf zu spielen, bevor er heute zurück nach Südafrika reise.

In ein paar Stunden ist er wieder weit weg, sagte Sara in Gedanken zu ihrer Königin.

Bob Hooke erhielt lauten und langen Applaus. Sara vergaß mitzuklatschen.

Bob Hooke schaute sich im Saal um, und sein Blick traf sie. Er lächelte vage. Sara schlug die Augen nieder, als sei sie ertappt worden.

Endlich erklärte der Organisator den Wettkampf für eröffnet. Bob Hooke ging zum ersten Brett, machte seinen Eröffnungszug, gab dem Spieler die Hand, wandte sich dann zum nächsten Brett und wählte eine andere Eröffnung.

Sara umklammerte ihre Königin. Schnell kam Bob Hooke näher. Sie hörte, wie er «Viel Glück!» zu den Spielern sagte, hörte, wie die Schachfiguren über die Bretter geschoben wurden. Sie wagte nicht aufzuschauen und sah nur seine Füße, als er vor ihrem Tisch stehen blieb.

Bob Hooke streckte seine Hand nach dem Bauern auf e2 aus. Dadurch schob sich der Ärmel seiner Jacke zurück, und Sara sah sein Handgelenk.

Sara erkannte es sofort. Bob Hooke trug genau das gleiche Armband wie ihre Mutter. Genau das gleiche, die gleichen Farben, die gleichen Perlen, alles genau gleich. Er hatte das Armband also ihrer Mutter geschenkt.

Der Jackenärmel schob sich wieder darüber.

Bob Hooke blickte Sara kurz an und merkte, dass sie ihn nicht anschaute.

«Viel Glück!», sagte er besonders freundlich. Das arme Kind war ganz starr vor Aufregung. Er ging weiter zum nächsten Brett.

Fünfzig Spieler. Sehr viele, aber nett, weil viele Kinder mitspielten. Am besten konnte man gegen sehr gute Schachspieler oder gegen Kinder spielen. Das Mädchen, das ihm soeben nicht die Hand gereicht hatte, erinnerte ihn an seinen ersten offiziellen Wettkampf. Er war damals noch um einiges jünger gewesen als sie, aber in der gleichen Art, wie sie sich über das Brett beugte, ohne sich zu rühren, hatte auch er dagesessen. Sein Vater hatte hinter ihm gestanden und den Augenblick fotografiert, als der berühmte Schachmeister den ersten Zug machte. Hinter dem Mädchen hatte niemand gestanden. Oder täuschte er sich?

Er trägt es auch noch!

Sara blickte auf die Schachfiguren, gewöhnliche hellbraune und schwarze Figuren ohne Gesichter. Sie wollte mit der Königin sprechen, aber in diesem stillen Saal, in dem jedes Geräusch deutlich zu hören war, wagte sie nichts zu sagen.

Bevor sie wusste, was sie tat, war sie aufgestanden und lief davon. Erst als eine Frau sie aufhielt, merkte sie, dass sie nicht mehr am Tisch saß. Von weitem hörte sie ihren Namen. «Sara?» Es war Victor.

«Ich muss aufs WC», sagte sie zu der Frau, und die zeigte ihr den Weg.

Die Toilette war ein großer, kühler Raum mit schwarz-weißen Fliesen auf dem Boden. Sara kauerte sich nieder und stellte die Königin vor sich hin.

Er trug das Armband … Er liebte ihre Mutter immer noch! Er hatte gesagt, er hätte keine Kinder … Warum war er nicht bei ihrer Mutter, wenn er sie lieb hatte?

Sara schaute die Königin an. Sie hatte so viele Fragen. Aber die Königin konnte sie nicht beantworten. Sie blieb leblos, eine Puppe.

27

Im Saal sah Bob Hooke Saras leeren Stuhl. Er fragte sich, wo sie wohl war, und das verwunderte ihn selbst. Warum stellte er sich diese Frage? Warum kümmerte er sich darum? Meistens wusste er nicht einmal, dass jemand an der anderen Seite des Schachbretts saß. Aber nun wollte er unbedingt wissen, was hier vorging. Er schaute auf das Namensschild vor dem Schachbrett und sah, dass sie Sara hieß. Schöner Name. Er wusste auch, dass sie langes, goldblondes Haar hatte und ein blaues Kleid trug. Müsste man eine Vermisstenmeldung abgeben, könnte er das Mädchen genau beschreiben.

«Wo ist sie?», fragte er den Jungen am Nebentisch.

«Auf die Toilette gegangen.»

Bob Hooke sah, dass auch der Junge sich Sorgen machte. Aber er konnte unmöglich länger auf sie warten. Die anderen Spieler fragten sich schon, wo er blieb.

Keine der Partien war wirklich schwierig, und so hatte er genug Zeit, über andere Dinge nachzudenken. Es tat ihm Leid, dass er heute schon wieder aus Holland wegreiste. Das Land gefiel ihm, nicht nur, weil er sich hier zum ersten Mal verliebt hatte – das war jetzt fast zehn Jahre her –, sondern auch, weil er sich hier frei fühlte. In ein paar Stunden würde er im Flugzeug sitzen, auf dem Weg nach Hause.

Aus den Augenwinkeln sah er Sara zurückkommen. Ohne jemanden anzublicken, setzte sie sich hinter ihr Schachbrett. Man sah, dass sie etwas bedrückte. Er fragte sich, was es wohl war.

Victor schaute zu Sara hinüber. Sie saß regungslos hinter dem Brett. Er war unschlüssig, ob er sie ansprechen sollte. Bob Hooke kam schon wieder vorbei, und Sara machte keine Anstalten, eine Figur zu ziehen.

Was war nur los? Die Betreuerin sah, dass Bob Hooke schon wieder bei demselben Schachbrett stehen blieb. Ach so, das Mädchen, das mit ihrem Kinderschach hatte spielen wollen. Sie hatte noch keinen Zug gemacht. Bei jedem Turnier, an dem Amateure oder Kinder teilnahmen, gab es einen oder zwei, die einfach nicht spielen konnten, weil sie zu aufgeregt waren. Solche Spieler musste man so schnell wie möglich herausholen; sie störten den ganzen Ablauf.

Die Betreuerin wollte gerade eingreifen, aber Bob Hooke bedeutete ihr, dass dies nicht nötig sei. Er beugte sich zu Sara hinunter und sprach leise zu ihr:

«Als ich so alt war wie du, habe ich auch meinen ersten Wettkampf gespielt. Ich hatte solche Angst, dass ich nicht spielen konnte. Wollen wir etwas ausmachen? Ich gehe jetzt weiter, und wenn ich zurückkomme, dann hast du schon gezogen.»

Sara blickte nicht auf und sagte nichts, aber Bob wusste, dass sie ihn verstanden hatte.

Dem Lehrer tat es schon Leid, dass er Sara hatte mitspielen lassen. Sie blamierte ihn und seinen Schachclub. Er hätte es wissen können.

Sara bemerkte die Blicke nicht, die auf sie gerichtet waren. Sie schaute die Königin in ihrer Hand an. Sie fand, dass die Bauern gar nicht Soldaten glichen. Nur die Pferde und Türme waren einigermaßen zu erkennen.

Und dennoch begann sie leise zu ihnen zu sprechen.

«Ich muss dafür sorgen, dass der Ratsherr hinaus kann. Dann wird er mir wohl helfen!» Sie erinnerte sich an das, was der Ratsherr am Abend zuvor gesagt hatte: Die Mitte des Bretts, diesen Weg nahm jeder, und deshalb musste sie die verteidigen.

Plötzlich sah sie alle Partien, die sie gespielt hatte, wieder vor sich. Eigentlich war es gar nicht schwierig.

Sara schob langsam, aber selbstsicher den schwarzen Bauern von e7 nach e5.

Victor lächelte. Er wusste, dass Sara nun weiterspielen würde.

Bob Hooke war erleichtert, als er sah, dass Sara gezogen hatte. Sie blickte ihn immer noch nicht an, aber sie saß anders auf ihrem Stuhl, weniger angespannt.

Er zog Sg1-f3. Sie würde wohl nicht sehr stark spielen, aber das war egal. Sie konnte nachher wenigstens zu ihrem Vater sagen, dass sie eine Partie gespielt hatte.

Draußen rauschte der Verkehr an dem großen Gebäude vorüber. Es war Samstag Nachmittag, und die Stadt war voller Menschen, die einkauften.

Susan lief wie blind zwischen ihnen hindurch. Sie war schon zweimal die Treppe zum Turniergebäude hinaufgegangen, aber beide Male hatte sie den Mut verloren und war umgekehrt.

Dennoch wollte sie wissen, wie es mit Sara stand. Er würde sie sicher nicht erkennen. Es war mehr als neun Jahre her, dass sie sich zum letzten Mal gesehen hatten. Und wenn er Schach spielte, sah er sowieso nichts anderes als die Schachbretter.

Sie kehrte um und lief wieder zurück.

Bob Hooke erledigte die Züge an den Brettern rasch. Manche Spieler waren etwas besser als die anderen, weil sie wahrscheinlich in Schachvereinen übten, aber auch diese Partien überblickte er im Nu. Bei den Kindern zögerte er das Ende oft noch etwas hinaus, um sie nicht zu entmutigen. Aber bei Erwachsenen kannte er kein Mitleid. Es war Zeitverschwendung, ihnen die Illusion zu geben, sie seien gute Schachspieler.

Eigentlich war nur eine Partie ungewöhnlich, und zwar die von dem kleinen Mädchen Sara. Sie spielte nicht nur gut, sondern auch erfrischend, so, als ob sie die Schachregeln selbst erfunden hätte.

Gleich beim Betreten des Gebäudes hörte Susan das Stimmengemurmel aus dem Schachsaal, der am Ende des Ganges lag. Sie beruhigte sich bei dem Gedanken, dass Bob Sara wahrscheinlich keinerlei Aufmerksamkeit schenken würde. Er hatte sich nie sonderlich für Kinder interessiert.

Vor neun Jahren hatte sie ihn kennen gelernt. Sie hatten sich ineinander verliebt, und als er einige Wochen später wieder nach Südafrika zurückkehren musste, war sie ihm Hals über Kopf gefolgt.

Sie ging an einem Plakat vorbei, auf dem er lebensgroß zu sehen war. Das erinnerte sie an früher, wenn sie ihn bei seinen Turnieren begleitete. Er freute sich dann, sie zu sehen, aber sie spürte doch, dass es ihn nicht wirklich kümmerte, ob sie da war oder nicht.

Die Atmosphäre in dem Gebäude, das leise Gemurmel, das Geräusch rückender Stühle und die ernst blickenden Menschen bedrückten sie. Seit diesem einen Tag, vor neun Jahren, hatte sie nie wieder ein Schachbrett sehen wollen.

Wie sie sich damals hatte einbilden können, er liebte sie und wollte Vater werden, wusste sie nicht mehr. Es war eine entsetzlich einsame Nacht gewesen, als sie auf ihn gewartet hatte. Bob wusste, dass sie ihm etwas Wichtiges mitteilen wollte, aber er kam trotzdem die ganze Nacht nicht heim. Es geschah oft, dass er sie einfach vergaß, aber diesmal hielt sie es nicht mehr aus.

Am Morgen rief sie bei einem Freund an. Ja, Bob war bei ihm. Warum? Nein, er schlief noch. Der Freund berichtete schläfrig, dass sie die ganze Nacht eine Partie durchgesprochen hätten und dass Bob am Nachmittag ein Turnier spielen werde und deshalb nicht gestört werden dürfe. «Nein, er hat keine Zeit mehr, vor dem Turnier nach Hause zu kommen.»

Susan fühlte sich gänzlich einsam und im Stich gelassen. Sie konnte und wollte ihn nicht mehr sehen und beschloss, noch am selben Tag nach Holland zurückzukehren. In einem kurzen Brief teilte sie ihm lediglich mit, dass sie Heimweh bekommen habe und dass er sich nicht die Mühe machen solle, nach ihr zu suchen.

Sie hatte nie wieder etwas von ihm gehört.

Ihre Eltern waren verreist, als sie Bob Hooke kennen gelernt hatte, und Susan hatte ihnen nie erzählt, wer er war.

Sieben Monate später wurde Sara geboren. Natürlich hätte sie Bob wissen lassen müssen, dass er eine Tochter hatte, aber sie schob es immer wieder hinaus. Und je länger sie es vor sich herschob, desto schwieriger wurde es.

Und solange er es nicht wusste, konnte sie Sara nicht erzählen, wer ihr Vater war.

Natürlich hatte Sara irgendwann begonnen, Fragen zu stellen. Susan hatte einmal einen Versuch gemacht, Bob zu erreichen, aber er war gerade umgezogen. Bestimmt hätte sie ihn ausfindig machen können, wenn sie sich wirklich bemüht hätte, aber Sara hatte nicht weiter gefragt, und Susan hatte wider besseres Wissen gehofft, sie würde sich erst wieder dafür interessieren, wenn sie größer war.

Und jetzt war er da, und sie könnte ihn mühelos sprechen. Aber wie sollte sie es ihm erzählen? Etwa so: «Guten Tag, schön, dich zu sehen, und Glückwunsch zum Sieg, und übrigens, du hast eine Tochter ...»? Vielleicht würde er ihr nicht einmal glauben.

Bei der Vorstellung, wie er reagieren könnte, schauderte es Susan.

Sie näherte sich dem Spielsaal. Das Geräusch von Schachfiguren, die über hölzerne Spielbretter geschoben wurden, wurde lauter. Sie lief langsamer und betrat vorsichtig die Galerie, von der aus man den Saal überblicken konnte. Sie schaute von oben auf die Bretter. Überall da, wo die Partie beendet war, standen die Figuren schon wieder in der Anfangsposition, nur die Könige waren in der Mitte. An der Menge der schwarzen Könige konnte sie erkennen, dass Bob bis jetzt alle Spiele gewonnen hatte.

Und dann sah sie ihn. Er stakste mit seinen gewohnten langen Schritten an den Schachbrettern entlang und machte im Vorbeigehen seine Züge. Ein Zittern durchfuhr sie. Es war, als fühlte sie ihn. Sie wollte sich umdrehen, aber ihre Augen suchten Sara.

Bob Hooke blieb stehen, und nun sah sie, dass er bei Saras Brett war. Er stand dort, als wäre Sara ein ernsthafter Gegner. Aber Sara konnte doch überhaupt nicht Schach spielen!?

Bob spielte gegen seine eigene Tochter, ohne es zu wissen ...

Susan schaute eine Weile gebannt zu und ging dann langsam fort. Hinaus aus dem Saal, aus dem Haus.

Bob Hooke betrachtete das kleine, blonde Mädchen auf der anderen Seite des Schachbretts. Warum interessierte er sich so für sie? Sie ähnelte Susan, dieselbe Nase, dasselbe Haar. Ja, das war es! Sie ähnelte Susan.

Susan war ein holländisches Mädchen, das fast ein Jahr lang seine Freundin gewesen war. Vor neun Jahren hatte sie ihn verlassen, ohne etwas zu sagen. Ja, sie hatte ihm noch einen Brief geschrieben, aber der war so abweisend gewesen, dass er nicht gewagt hatte, zurückzuschreiben. Und doch dachte er immer noch an sie, in den unerwartetsten Augenblicken. Er erinnerte sich an ihre Art zu lachen und ihn zu umarmen. Er vermisste ihre Erzählungen, obwohl er damals nur mit halbem Ohr zugehört hatte. Aber ihre Geschichten waren geistvoll gewesen, das begriff er jetzt, wo es zu spät war. Es tat ihm Leid, dass er sie nicht zurückgehalten hatte. Dieses kleine Mädchen erinnerte ihn natürlich an sie, weil sie auch De Waal hieß und Holländerin war.

Er unterbrach seine Gedanken, blickte auf das Brett. Die entstandene Situation war durchaus interessant. Er musste sogar aufpassen, keinen Fehler zu machen. Er machte seinen Zug.

Ohne zu zögern führte Sara den Gegenzug aus.

Natürlich, sie wusste schon, was er spielen würde, und hatte ihre Antwort bereit. Sie spielte wirklich sehr gut.

Sara überblickte die Figuren auf dem Schachbrett.

«Wenn ich jetzt mit meiner Hofdame den Soldaten auf c4 schlage, dann nimmt der Turm meine Hofdame gefangen, aber dann setze ich meine Königin auf a4, und dann kann der Turm nicht mehr weg, weil er das Pferd verteidigen muss.»

Obwohl sie nur flüsterte, war ihre Stimme im ganzen Saal zu hören. Bob Hooke, der weitergegangen war, hörte sie. Die hohe Kinderstimme rührte ihn.

Ein Spieler nach dem anderen verlor. Auch Mariette stand vor der Niederlage. Nur merkte sie es selber nicht. Nicht einmal, als Bob Hooke sie matt setzte.

«Du hast verloren, nicht wahr?», sagte er geduldig. Er hatte Mariette lange geschont, aber sie machte immer neue Fehler. Sie spielte nicht schlecht, aber sie hatte keine wirkliche Liebe zu diesem Spiel.

Ihr Vater kam erwartungsvoll herbei. «Hast du gewonnen?»

Mariette schüttelte enttäuscht den Kopf.

«Also, dann musst du Herrn Hooke die Hand reichen, Mariette», sagte der Vater und sah entschuldigend Bob Hooke an.

Mariette fand Schach auf einmal ein langweiliges und dummes Spiel. Widerwillig gab sie Bob Hooke die Hand.

Bob grinste zerstreut und ging weiter zu Saras Brett.

Mariette sah, dass Sara noch immer nicht verloren hatte. Sie stand auf. Sie hatte Lust auf ein Eis. Ohne ihre Figuren wieder aufzustellen, ging sie mit ihrem Vater in die Bar. Er fand es schade, dass sie verloren hatte, und er würde das größte Eis für sie kaufen.

Die Betreuerin sah Mariettes Schachbrett. Noch ein Spieler, der seine Figuren nicht wieder aufstellte. Kopfschüttelnd schickte sie einen der Helfer dorthin.

Victor nahm seine Brille ab. Ihm war schon seit einer Weile schwindelig, und er wollte nicht, dass jemand es bemerkte. Aber die Schachfiguren schwankten auf einmal so heftig hin und her, dass ihm ganz schlecht wurde. Er fürchtete, samt Stuhl und allem umzufallen. Er klammerte sich an den Tisch.

Zum Glück waren Sara und auch der Lehrer ganz in ihr Spiel vertieft. Sie sahen nicht, dass er krank war.

Er schloss seine Augen. Wenn er ganz still sitzen blieb, ging es vielleicht vorbei.

Sara machte ihren Zug.

Bob Hooke nickte. «Guter Zug, sehr gut.»

Sara glühte vor Stolz. Sie wusste, dass sie einen guten Zug gemacht hatte.

Bob Hooke beugte sich zu ihr hinab. «Ich habe früher auch mit meinen Schachfiguren geredet. Aber du musst dabei aufpassen, sonst weiß dein Gegenspieler, was du vorhast. Aber um mich brauchst du dich nicht zu kümmern. Ich werde nicht hinhören», sagte er verschwörerisch.

Zum ersten Mal blickte Sara auf. Sie sah Bob Hooke dankbar lächelnd und mit strahlenden Augen an.

Er erschrak. Einen Augenblick verschlug es ihm die Sprache. Es war, als ob Susan ihn anblickte. Er richtete sich unvermittelt auf.

«Weitermachen», sagte er kurz angebunden und ging zum nächsten Spieler.

«Ist bei dir alles in Ordnung?», fragte Bob Hooke und schaute Victor prüfend an. Der Junge schien zu zittern, wahrscheinlich vor Anspannung.

Victor öffnete die Augen und schob den Turm nach vorne. Er wusste genau, was er zu tun hatte. Wenn er weiterhin gut spielte, würde niemand merken, dass er krank war. Bob Hooke machte seinen Gegenzug und lief weiter. Sofort schloss Victor wieder die Augen.

Sara schaute sich im Saal um, als ob sie alles zum ersten Mal sah. Mariettes Stuhl war leer, aber der Lehrer spielte noch. Ansonsten waren nicht mehr viele Kinder dabei, außer Victor. Er hatte seine Brille abgenommen und hielt sich krampfhaft am Tisch fest.

Sara wusste sofort, was los war, und zögerte keinen Moment.

«Victor? Geht's?», fragte sie, stand auf und hielt Victor vorsichtig fest.

Victor wollte sagen, dass alles in Ordnung sei, aber er hatte solche Kopfschmerzen. Er glaubte, sein Kopf müsste zerspringen. Er sah fürchterlich bleich aus.

Sara zog ihn vom Stuhl hoch. «Du musst nach Hause!»

Ja, er wollte nach Hause, nichts lieber als das. Bett, Ruhe, Dunkelheit ... Aber Sara? Sie musste hierbleiben. Er schaffte es schon allein bis nach Hause.

«Du musst hierbleiben», stammelte er.

Sara hielt ihn fest, damit er nicht umfiel.

Bob Hooke, der auf der anderen Seite des Saales stand, merkte nichts von der Unruhe, die bei Victors Tisch entstanden war.

Die Betreuerin ging besorgt zu Victor und Sara. «Soll ich einen Arzt rufen?»

«Nein, nein, ich will heim», sagte Victor bestimmt.

Ohne dass Bob Hooke oder der Lehrer es merkten, verließen Victor und Sara den Saal.

Saras Schachspiel blieb einsam unter dem Tisch zurück.

28

Bob Hooke war enttäuscht. Warum war sie gegangen? Hatte er etwas Falsches gesagt, oder hatte sie sich gefürchtet? Der Junge neben ihr war auch nicht mehr da!

Er sah, wie die Betreuerin veranlassen wollte, dass Saras Figuren in die Anfangsposition zurückgestellt wurden und das Spiel als verloren vermerkt wurde. Sie kam also nicht wieder. Unerwartet scharf sagte er, dass niemand etwas an der Aufstellung verändern sollte. Er wollte sich die Partie noch einmal anschauen. Denn eines war sicher: Das Mädchen hatte noch lange nicht verloren.*

Saras Lehrer hatte sich nicht schlecht geschlagen. Er gehörte sogar zu den wenigen, die noch ziemlich lange durchgehalten hatten. Er gab Bob Hooke die Hand und sagte voll Bewunderung: «Vielen Dank für das überragende Spiel!»

Er hatte das Gefühl, als sei er aus einem tiefem Schlaf erwacht. Fast alle Kinder seiner Klasse waren schon gegangen, ohne dass er es gemerkt hatte. Nur Mariette war noch da und kam auf ihn zu.

«Und?», fragte er.

«Ich habe verloren», sagte Mariette missmutig.

«Ach, weißt du, ich auch», sagte er, stand auf und reckte sich. Er war gespannt, wie Victor gespielt hatte, sah ihn aber nirgends, ebenso wenig wie Sara.

«Die sind heimgegangen. Bestimmt haben sie verloren», sagte Mariette mit Nachdruck.

Natürlich hatten sie verloren, so wie die meisten.

Der Lehrer sah, dass eine Gruppe von Spielern sich um ein bestimmtes Brett sammelten. Dort wurde sicher eine interessante Partie gespielt. Der Lehrer gesellte sich hinzu.

* Siehe Seite 172/173.

In der Tat, es war eine außergewöhnliche Stellung. Der Spieler, der hier gesessen hatte, konnte offensichtlich sehr gut Schach spielen. Der Lehrer versuchte zu erkennen, wer von den Umstehenden es war. Es musste wohl einer der Männer sein, die sich mit ernsten Gesichtern über das Brett beugten.

Der Lehrer ergriff das Namensschild, das vor dem Brett stand, und drehte es zu sich um. Der begabte Spieler war überhaupt kein Mann, nicht mal ein Junge. Es war ein Mädchen, eine Schülerin von ihm. Es war Sara!

Sara saß an dem Tisch im Laden, an dem sie sonst immer Tee tranken oder Schach spielten. Es war ganz still, nur in der Ferne hörte man die Kirchturmuhr schlagen.

Victor hatte sich auf dem Heimweg nicht erholt. Ihm war so schwindelig gewesen, dass Sara ihn sehr gut hatte festhalten müssen. Mit geschlossenen Augen hatte er im Bus neben ihr gesessen. Jetzt lag er im Bett und wurde von einem Arzt untersucht. Sara hörte den Arzt leise sprechen und hielt den Atem an, konnte aber nichts verstehen.

Auf einmal fiel ihr ein, dass Bob Hooke jetzt sicher schon wieder im Flugzeug saß und nach Südafrika flog.

Dann dachte sie wieder an Victor.

Sie nahm sich vor, mäuschenstill zu sitzen, weil sie meinte, dann würde er ganz bestimmt wieder gesund werden.

Im Saal waren mittlerweile alle Partien beendet. Nur drei Spieler hatten ein Unentschieden erreicht, alle anderen hatten verloren. Einige standen noch herum und besprachen ihre Züge.

Bob Hooke gab dem letzten Spieler die Hand und ging zu Saras Tisch, an dem sich inzwischen eine ganze Menge Leute versammelt hatten. In zwei Zügen hätte Sara seinen Turm schlagen können. Womöglich wäre er noch in Bedrängnis gekommen.

Vielleicht kannte einer der Umstehenden das Mädchen. «Wer ist sie? Sie spielt hervorragend», sagte er mehr in die Runde als zu jemand Bestimmtem.

Die Umstehenden nickten zustimmend. Ja, sie war wirklich gut.

Ein Mann, der eben noch gegen ihn gespielt hatte, blickte auf. «Es ist eine Schülerin von mir», sagte er, als ob er es selbst kaum glauben konnte.

Bob Hooke fragte, warum sie gegangen sei. Der Lehrer wusste es nicht. Sara war und blieb eben undurchschaubar.

«Wie alt ist sie?»

Der Lehrer musste einen Augenblick überlegen. Wie alt war sie denn? «Acht Jahre», sagte er schnell.

«Kann sie schon lange so gut Schach spielen?»

Dem Lehrer wurde klar, dass auch Bob Hooke Mühe gegen sie gehabt hatte, genau wie er.

«Ja, sie war schon immer begabt», sagte er etwas selbstsicherer.

«Man muss sehr behutsam sein mit so einem Mädchen.»

Der Lehrer nickte. Ja, er musste behutsam mit ihr umgehen. Hatte er das bisher getan? Er konnte sich nicht erinnern.

«Spricht er von Sara?», fragte Mariette ungläubig.

Bob Hooke wurde von seinem Assistent beiseite genommen. Dieser teilte ihm mit, dass sein Gepäck bereits abgeholt worden war und sie sofort zum Flughafen aufbrechen konnten.

Bob Hooke nickte. Er hatte dem örtlichen Fernsehsender noch ein Interview versprochen, aber danach würde er kommen.

Sara hörte den Arzt und Victors Vater durch den Gang kommen. Sie betraten den Laden. Regungslos schaute sie die zwei Männer an.

Victors Vater sah grau aus. Seine Stimme zitterte, als er fragte, ob es wahr sei, was der Arzt gerade gesagt habe.

Der Arzt zog sich seine Jacke über. «Ja. Heute Abend bekomme ich die Ergebnisse von den Tests. Der Schwindel rührt von einer Allergie her. Es ist noch nicht sehr lange bekannt, dass manche Menschen auf die Schmerzmittel, die Ihr Sohn einnimmt, allergisch reagieren. Dadurch sinkt der Blutdruck sehr schnell, und man fühlt sich elend und schwindelig. Ihr Sohn darf diese Tabletten nicht mehr einnehmen. Auf jeden Fall hat es nichts mit der Epilepsie zu tun.»

Sara verstand nicht alles, sie achtete vor allem auf die Reaktion von Victors Vater. Der hatte Tränen in den Augen, aber er lachte gleichzeitig.

Der Arzt holte eine Schachtel aus seiner Tasche. «Ich denke, Sie können ihm ab jetzt diese Tabletten geben, wenn er Kopfweh hat. Denn das wird er ab und zu schon noch bekommen, solange er die Medikamente gegen Epilepsie nimmt.»

Der Arzt schloss seine Tasche und ging zur Tür. Er war froh, dass er endlich wusste, was dem Jungen fehlte. Als er das erste Mal bei ihm gewesen war, hatte er das Schlimmste befürchtet, aber glücklicherweise hatte er, eigentlich mehr zufällig, in einer Zeitschrift den Artikel über die Medikamentenallergie gelesen.

«Er darf ruhig aufstehen, wenn er möchte. Ich schaue morgen noch einmal vorbei.»

«Ja, herzlichen Dank», sagte Victors Vater. Als der Arzt gegangen war, blieb er vor dem Fenster stehen und stieß einen tiefen Seufzer aus. Erst, als er hörte, dass Victor in den Laden kam, drehte er sich um.

Victor kletterte energisch auf einen Hocker, nahm die Keksdose und angelte sich einen Keks.

Aus dem Gespräch hatte Sara entnommen, dass es Victor bald wieder besser gehen würde, und als sie ihn sah, glaubte sie das auch. Er schaute sie an, als ob nichts geschehen wäre.

«Du hast sehr gut gespielt», sagte er so begeistert wie immer.

Sara nickte vorsichtig, als hätte sie Angst, einen Zauber zu durchbrechen. Wenn sie nicht gegangen wären, hätte sie einen Turm von Bob Hooke geschlagen.

Victors Vater gab seinem Sohn einen Kuss. Das tat er sonst nicht, und ganz bestimmt nicht, wenn jemand dabei war. Aber jetzt war er so froh, dass er nicht mehr an sich halten konnte. Victor schaute angewidert, quiekte wie am Spieß und wischte sich übertrieben die Wange. Dabei sah er so pfiffig aus, dass sein Vater ihn beinahe noch einmal geküsst hätte. Er konnte gerade noch ausweichen.

Eins war klar: Victor war wieder ganz der Alte.

Sara dachte an die Partie, die sie gegen Bob Hooke gespielt hatte. Sie wusste fast alle Züge noch und nahm sich vor, sie mit der Königin nachzuspielen. Besonders der Ratsherr würde das bestimmt interessant finden.

Und dann fiel ihr schlagartig ein, dass sie ihr Spiel unter dem Tisch hatte liegen lassen.

«Mein Schachspiel!», rief sie erschrocken aus. Ohne ein weiteres Wort rannte sie aus dem Laden.

Da wusste auch Victor, was los war. «Sie hat ihr Schachspiel im Saal vergessen», sagte er zu seinem Vater.

Bob Hooke beantwortete geduldig die Fragen des Reporters. War er zufrieden mit seinem Aufenthalt in Holland? Wie lange war er schon nicht mehr in Südafrika gewesen? Hatte er bei dem Simultanwettkampf noch ein Talent entdeckt?

Bob Hooke nickte in die Kamera.

«Ja, ein bemerkenswertes Talent. Das findet man nicht alle Tage, ein Mädchen mit so viel Talent. Ein Mädchen, an das man sich erinnern sollte. Sara de Waal.»

Etwas später sah das ganze Dorf dieses Interview im Fernsehen. Die wenigsten glaubten gleich, was sie hörten. Aber wenn ein so berühmter Schachspieler auf dem Bildschirm behauptete, Sara sei ein großes Schachtalent, dann musste es wohl stimmen.

29

Mit demselben Unbehagen, das er damals verspürt hatte, als Susan abgereist war, blickte Bob Hooke zu dem Tisch, an dem Sara gesessen hatte. Dort stand die Betreuerin und hielt ein prächtiges Schachspiel in den Händen, während sie kopfschüttelnd mit einem Mitarbeiter sprach. Bob hörte, wie sie sagte: «Das ist das Schachspiel von Sara de Waal. Sie wollte zuerst damit spielen, und jetzt hat sie es vergessen. Haben wir ihre Adresse?»

Der Mann wusste es nicht. Aber Mariette hatte das Spiel erkannt und rief: «Das gehört Sara. Soll ich es mitnehmen? Ich wohne in ihrer Nähe!»

Hätte Bob Hooke jetzt nachgedacht, dann hätte er Mariette gewähren lassen, aber er dachte nicht nach. Er nahm der Frau das Schachspiel aus der Hand, noch ehe sie es Mariette geben konnte, und sagte nachdrücklich, dass er auf dem Weg zum Flughafen bei Sara vorbeifahren würde.

Sein Assistent machte ein bedenkliches Gesicht. Dazu hätten sie gar keine Zeit, sagte er. Aber Bob achtete nicht darauf. Er ließ sich Saras Adresse geben und stapfte mit dem Schachspiel davon.

Während Sara zum Turniergebäude zurückrannte, stiegen Bob Hooke und sein Assistent in ein Taxi und machten sich auf den Weg zu ihrem Haus.

Bob überlegte, wo Susan wohl inzwischen lebte. Sie musste doch gehört haben, dass er im Lande war. Aber sie hatte nicht versucht, ihn zu treffen. Jeden Abend hatte er im Hotel am Empfang gefragt, ob eine Nachricht für ihn gekommen sei. Er hatte viele Benachrichtigungen erhalten, aber keine von Susan.

Keuchend sprang Sara die Treppe zum Turniergebäude hinauf und stürmte in den großen Saal. Sie sah den Tisch, an dem sie gesessen hatte. Das Schachspiel war verschwunden! Tränen traten ihr in die Augen. Jetzt hatte sie es verloren …

Die Betreuerin sah sie und fragte: «Warum bist du denn weggelaufen?»

«Haben Sie mein Schachspiel gesehen?», fragte Sara niedergeschlagen.

«Natürlich, das hattest du stehen lassen. Aber Bob Hooke bringt es auf dem Weg zum Flughafen bei dir vorbei.»

«Er kommt zu mir nach Hause?»

Die Frau nickte.

Wenn sie jetzt den Weg an den Fußballfeldern entlang … Sara sauste schon wieder davon.

Die Frau stutzte. Sie hatte den gleichen schlenkernden Gang wie der lange Bob Hooke. Ob alle so seltsam liefen, die viel und gut Schach spielten?

Sara hoffte, vor Bob Hooke ihr Haus zu erreichen. Sonst würde er ja klingeln, und wenn dann ihre Mutter die Tür aufmachte …

Schon von weitem sah sie das Taxi stehen. Eben stieg Bob Hooke aus und machte sich auf den Weg zur Haustür. So schnell war Sara noch nie gelaufen.

Bob wollte schon klingeln, da hörte er hinter sich Schritte auf dem Kies. Er drehte sich um und sah Sara. Sie keuchte, und ihre Backen glühten. Die blonden Locken tanzten ihr um das Gesicht. Er mochte sie, sie sah so kindlich aufgeregt aus, und er konnte sich kaum vorstellen, dass sie vorhin so ernsthaft beim Schachspiel gesessen hatte.

«Hier, das hast du vergessen», sagte er und überreichte ihr das Spiel.

Sara nahm es mit beiden Händen. Sie war so außer Atem, dass sie kein Wort herausbrachte.

«Schade, dass wir die Partie nicht fertig gespielt haben. Aber ich muss dir doch sagen, dass du die beste Spielerin warst. Du warst ausgezeichnet.»

Sara wurde verlegen, aber ihre Augen strahlten. Noch nie hatte jemand zu ihr gesagt, dass sie etwas gut gemacht hatte, außer der Königin.

«Deine Eltern werden stolz auf dich sein.»

Ach ja, der Großvater würde bestimmt stolz sein.

«Mach weiter so. Ich hoffe, dass ich nächstes Jahr wieder gegen dich spielen darf.»

Sara überlegte. Nächstes Jahr? Das wäre toll. Bob Hooke spielte ganz anders als Victor oder sein Vater oder der Lehrer. Ja, sie wollte sehr gerne wieder gegen ihn spielen.

«Also abgemacht?»

Sie nickte so heftig, dass Bob lachen musste.

Er gab ihr die Hand. Dabei schob sich der Ärmel seiner Jacke wieder nach hinten. Sara starrte auf das Armband. Bob bemerkte es. Schon während des Turniers hatte sie es immer wieder angeschaut.

«Gefällt dir das Armband?» Sie blickte ihn errötend an und nickte wieder.

Erneut fiel ihm auf, wie sehr dieses Mädchen Susan ähnelte. Sollte er ihr das Armband schenken? Nein, natürlich nicht. Er kannte sie ja kaum. Übrigens wollte er das Armband überhaupt nicht loswerden, noch nicht.

«Es ist sehr schön», sagte Sara. Es war das Erste, was sie zu ihm sagte.

«Einmal hatte ich es verloren, und dann konnte ich nicht mehr spielen. Zum Glück habe ich es wieder gefunden, sonst wäre ich jetzt nicht hier.»

Er gab ihr noch einmal die Hand. Wenn er sich jetzt nicht beeilte, verpasste er das Flugzeug. «Auf Wiedersehen, Sara.»

«Auf Wiedersehen, Herr Hooke», sagte Sara.

Bobs Assistent wartete ungeduldig beim Auto. Er hielt die Tür auf, und Bob stieg ein.

Sara schaute ihm nach.

Er hat das Armband auch immer um, dachte sie. Er trägt es die ganze Zeit, genau wie Mama. Aber war er ihr Vater? Das wusste sie immer noch nicht.

Sie holte die Königin hervor und stellte sie auf den Boden. Vielleicht erwachte sie noch einmal zum Leben.

Dann hörte sie das Taxi abfahren.

Bob Hooke drehte sich auf dem Rücksitz nach ihr um.

«Wir sind etwas spät dran, aber wenn kein Stau ist, schaffen wir es noch. Sie können glücklicherweise gleich durch den Zoll», sagte der Assistent.

Bob nickte.

Was für ein nettes Kind. Er hatte ganz vergessen, sie zu fragen, warum sie aus dem Turnier weggelaufen war.

Das Taxi fuhr langsamer, weil eine Frau den Deich entlangging. Eine hübsche blonde Frau. Als das Taxi an ihr vorbeifuhr, schaute Bob Hooke einen Moment zur Seite. Er fand, dass sie ein bisschen ... Jetzt drehte er sich ganz um. Er wollte ihr Gesicht besser sehen. Sie sah nicht nur ein bisschen, sondern ganz auffällig aus wie ... Es war Susan!

«Halt! Stopp!», rief er beschwörend.

Der Taxifahrer trat auf die Bremse.

Bob sah, dass Susan zu Saras Haus lief. Sara ging auf sie zu, und Susan nahm sie in die Arme. Ob Sara Susans Tochter war? Er drehte sich wieder zurück. Susan war inzwischen Mutter geworden ... Wie alt war Sara? Blitzschnell versuchte er sich zu erinnern, was vor neun Jahren geschehen war.

Susan drückte ihre Tochter an sich. Es war ihr, als hätte sie Sara eine lange Zeit nicht gesehen; immer mehr hatte sie sich von ihr zurückgezogen, aus Angst, etwas erklären zu müssen. Und sie hatte es selbst nicht einmal gemerkt. Ihr war zum Weinen, aber sie versuchte munter zu klingen.

«Sara, wie lief es?»

Sara blickte über ihre Schulter nach dem Taxi, das angehalten hatte.

«Es tut mir Leid, Sara. Ich hätte mit dir reden sollen», sagte Susan, ohne zu ahnen, was sich hinter ihrem Rücken abspielte.

Das Taxi fuhr jetzt zügig weiter.

Susan schaute ihrer Tochter gerade in die Augen. «Ich werde dir alles erzählen, ja?»

«Mama, er hat es auch um», sagte Sara vorsichtig.

«Was, Liebling?»

«Dein Armband. Bob Hooke trägt das gleiche Armband wie du, und er hat es auch immer an.»

Susan wusste nicht, was sie sagen sollte. Er trug es? Immer noch? Ihre Gedanken überschlugen sich. Und er hatte dem Reporter gesagt, dass ... Er hatte also doch von ihr gesprochen? Liebte er sie? Es hatte keinen Sinn, jetzt darüber nachzudenken. Er war fort, nach Südafrika.

Sara sah sie fragend an.

«Ich weiß es nicht, Sara. Vielleicht trägt er es nur so.»

Sara schüttelte den Kopf. «Nein. Er trägt es nicht nur so.»

Es hupte. Ein Lieferwagen fuhr über den Deich heran, gefolgt von Fahrrädern und Fußgängern, und näherte sich ihrem Haus. Die Leute sahen Sara und ihre Mutter und begannen zu winken und zu rufen.

Saras Mutter wischte sich die Tränen aus dem Gesicht und sagte: «Wir sprechen später darüber, ja?»

Sara nickte. Was wollten die Menschen hier?

Bob Hookes Assistent eilte durch die Halle des Flugplatzes. Sie hatten viel Zeit verloren.

Bob lief hinter ihm her und dachte an das kleine Mädchen, gegen das er Schach gespielt hatte. Sie war unverkennbar Susans Tochter. Vielleicht war Susan damals vor neun Jahren schwanger gewesen und hatte ihn deshalb verlassen. Aber das hieße, dass sie von ihm ... oder, ja, das könnte natürlich auch sein ... dass sie von jemand anderem schwanger gewesen war. Wenn das stimmte, dann wollte er es jetzt genau wissen. Dann könnte er sie endlich vergessen.

«Ihren Pass bitte», sagte die Frau hinter der Absperrung. Sie streckte ihre Hand aus und wartete auf den Pass. Als dieser ausblieb, schaute sie auf und sah nur noch, wie Bob Hookes Rücken in der Menge verschwand.

Alle, die im Fernsehen gehört hatten, Sara sei ein großes Schachtalent, wollten ihr gratulieren. Sogar der Lehrer und Mariette und ihr Vater stiegen aus dem Bus der örtlichen Fernsehgesellschaft. Der Lehrer lachte etwas verlegen.

Saras Großvater kam freudestrahlend auf sie zu.

«Sara! Im Fernsehen haben sie gesagt, du seist ein Schachwunder.»

Ein Kameramann begann sie zu filmen.

Sara konnte kaum glauben, dass all diese Leute ihretwegen gekommen waren. Sie hörte, wie der Lehrer erzählte, er habe schon früh festgestellt, dass Sara gut Schach spielte, und er sagte, er sei stolz auf sie. Und Mariette behauptete, Sara sei ihre beste Freundin.

Glücklicherweise kamen Victor und sein Vater auch. Sara lief sofort zu ihnen hin.

«Hast du dein Schachspiel wieder gefunden?», fragte Victor. Zum ersten Mal trug er keine Mütze.

Jetzt erst freute sich Sara richtig.

Am späten Nachmittag spielten Sara und Victor die Partie gegen Bob Hooke nach. Sara war so vertieft in das Spiel, dass sie das Auto nicht hörte, das auf dem Deich anhielt. Sie merkte nicht einmal, dass ihre Mutter ins Zimmer kam.

Susan kniete sich neben ihre Tochter. «Zeigst du mir das später auch, Sara?»

Sara sah auf. Sie hörte an der Stimme ihrer Mutter, dass etwas geschehen war. Susan zog sie mit sich fort, weg von den anderen. Victor spielte die Partie mit seinem Vater weiter.

«Sara, Bob fragt, ob wir ihn treffen wollen.»

Auf einmal sah ihre Mutter aus wie auf den alten Fotos, fand Sara.

«Willst du denn?», fragte sie.

«Ja», antwortete Susan.

Als sie zum Taxi gingen, ergriff Sara die Hand ihrer Mutter.

«Was ist, Sara?»

«Mam, er ist mein Papa, nicht wahr?», flüsterte Sara.

Ihre Mutter strahlte über das ganze Gesicht. «Ja», sagte sie leise und gab Sara einen Kuss.

Von seinem Arbeitszimmer aus schaute Saras Großvater auf die drei, die bei dem Taxi standen. Seine Tochter hielt den langen Bob Hooke an der Hand. Er kannte ihn nicht, aber er wusste nun, warum er glaubte, ihn schon einmal gesehen zu haben. Er bewegte sich genau so schlaksig wie Sara ...

Plötzlich fiel ihm etwas ein. Sein Stammbaum! Er ging zu seinem Schreibtisch, nahm einen Radiergummi und schrieb mit zierlichen Buchstaben an die Stelle, wo früher ein Fragezeichen gestanden hatte: Bob Hooke.

Sara lief zurück zu dem Schachbrett. Sie wollte ihrem Vater die Königin zeigen.

Victor und sein Vater waren weggegangen. Sie hatten die Schachfiguren in das Samtetui geräumt, nur die Königin stand noch mitten auf dem Brett. Und zum ersten Mal seit langem erwachte sie wieder zum Leben. Sie blinzelte Sara zu und lächelte zutraulich.

Sara hörte, wie der Motor eines Autos ansprang. Das Taxi! Er fuhr doch nicht etwa fort? Sie packte die Königin und lief, so schnell sie konnte, hinaus auf den Deich. In der Ferne sah sie das Taxi verschwinden.

«Sara!»

Ihre Mutter rief. Sara schaute sich suchend um.

Susan saß am Ufer auf dem Bootssteg, und neben ihr saß Bob Hooke. Sara rannte zu ihnen hin.

Ihr Vater und ihre Mutter machten Platz, und Sara kuschelte sich zwischen die beiden. Die Königin hielt sie fest im Arm. Sie war glücklich.

Auch die Königin war zufrieden. Sie wusste, dass sie noch oft mit Sara spielen würde. Und nicht nur mit Sara, sondern auch mit ihrem Vater. Die Königin freute sich jetzt schon darauf!

Saras schönes Schachspiel

= K = König

= D = Dame
(Königin)

= L = Läufer
(Ratsherr/Hofdame)

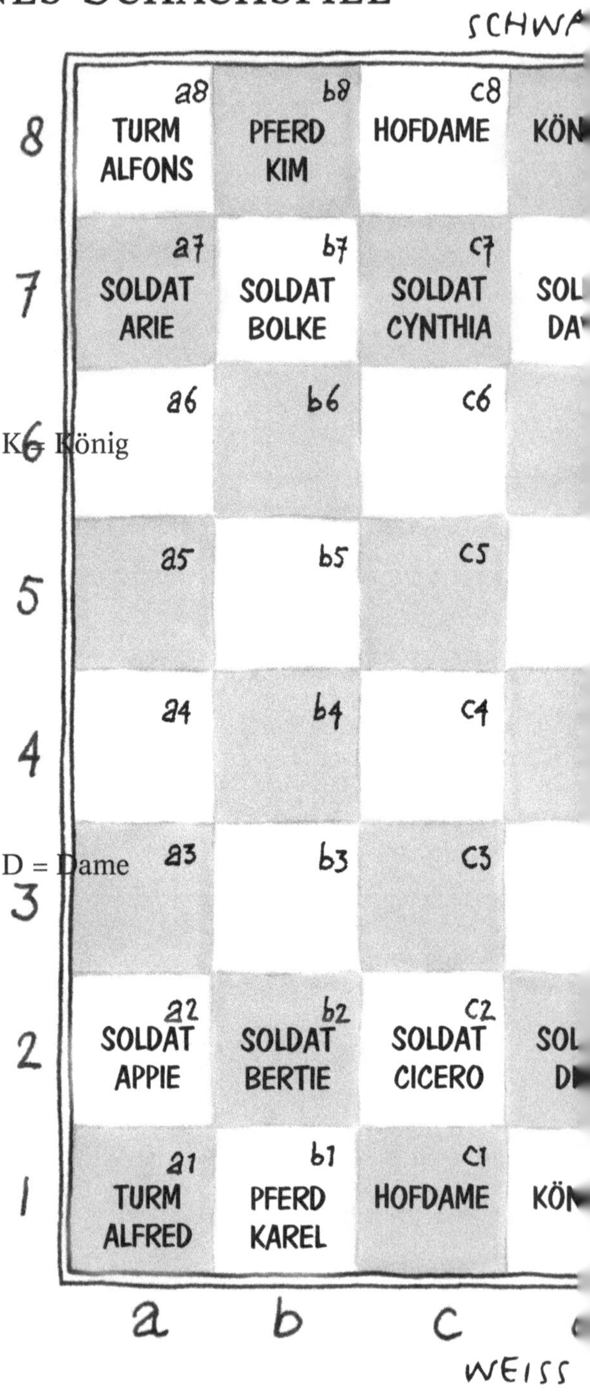

Wer steht wo?

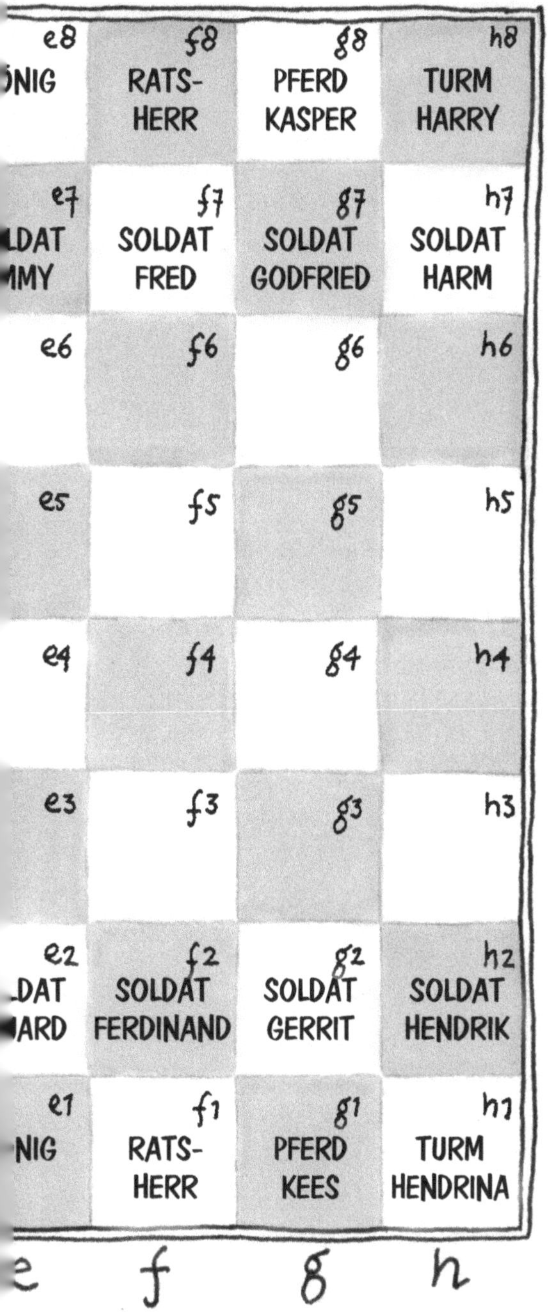

♘ + ♞ = S = Springer
(Pferd)

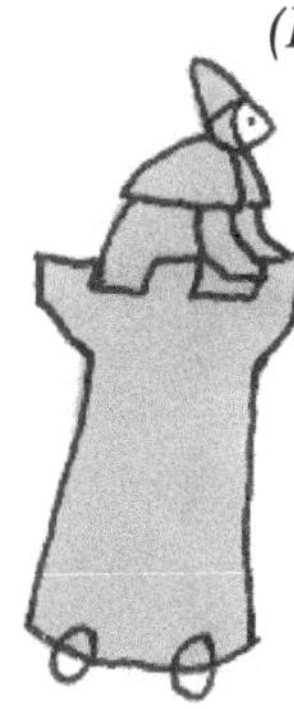

♖ + ♜ = T = Turm

♙ + ♟ = B = Bauer
(Soldat)

Willst du nun auch Schach spielen? Hier folgen noch einmal alle Regeln

Das Schachbrett:

Das Schachbrett liegt richtig, wenn in der linken unteren Ecke ein schwarzes Feld ist.

Welche Figuren spielen mit?

Der weiße und der schwarze *König*.

Natürlich die weiße und die schwarze *Königin*. Die Königin wird auch *Dame* genannt.

Ihre Räte: der weiße und der schwarze Ratsherr und die weiße und die schwarze Hofdame. Sie alle werden auch *Läufer* genannt.

Zwei weiße und zwei schwarze Pferde, *Springer* genannt.

Die zwei weißen und die zwei schwarzen *Türme*.

Und die weißen und schwarzen Soldaten, jeweils acht, die *Bauern* genannt werden.

Was tun sie?

Die *Könige* dürfen in alle Richtungen (vorwärts, rückwärts, zur Seite oder schräg) ein Feld weitergehen (siehe das Schachbrett auf S. 42).

Die *Damen* dürfen auch nach allen Richtungen ziehen, aber so weit, wie sie können oder wollen (siehe das Schachbrett auf S. 42).

Die *Läufer* dürfen nur schräg nach vorn oder zurück, aber ebenfalls so weit, wie sie können (siehe das Schachbrett auf S. 65).

Die *Springer* springen ein Feld vorwärts, rückwärts oder zur Seite geradeaus und dann ein Feld schräg. Man kann auch sagen: Sie springen zwei Felder geradeaus und eins zur Seite (siehe das Schachbrett auf S. 67).

Die *Türme* dürfen nur gerade vorwärts, rückwärts und nach beiden Seiten ziehen, so weit sie können (siehe das Schachbrett auf S. 68).

Die *Bauern* dürfen für gewöhnlich nur ein Feld nach vorn ziehen. Bei ihrem ersten Zug aber dürfen sie auch zwei Felder vorwärts gehen (ein Doppelschritt). Schräg nach vorn dürfen sie nur, wenn sie dabei eine andere Figur schlagen (siehe die Schachbretter auf S. 70 und 85).

Dazu kommen noch drei Regeln, die in der Geschichte von der Königin nicht besprochen wurden.

Zunächst zwei für die Bauern:

Wenn ein Bauer einen Doppelschritt nach vorn gemacht hat (bei seinem ersten Zug) und damit neben einem Bauern der Gegenpartei steht, dann darf dieser (der Gegner also) ihn schlagen. Der Bauer ist dann nämlich über ein Feld gegangen, auf dem er hätte geschlagen werden können. Der gegnerische Bauer darf dies aber nur im nächsten Zug tun, später nicht mehr; er muss sich auf das übersprungene Feld stellen. Man nennt dies *en passant schlagen*, das heißt im Vorübergehen.

Wenn ein Bauer die letzte Reihe gegenüber erreicht, dann kann er eigentlich nicht mehr weiter (er darf ja nicht rückwärts ziehen), aber weil die Bauern das ungerecht fanden und für ihren Mut und Eifer belohnt werden wollten, haben sie erreicht, dass sie sich verwandeln dürfen. Von diesem Augenblick an werden sie durch Umwandlung eine Dame, ein Läufer, ein Springer oder ein Turm. Es kann also vorkommen, dass plötzlich zwei Königinnen der gleichen Farbe im Spiel sind.

Die *Rochade* schließlich bietet dem König Schutz hinter seinen Bauern und Türmen. Bei diesem Zug zieht der König zwei Felder auf den Turm zu, und der Turm springt über ihn hinweg.

Das darf nur geschehen, wenn

1. der König zuvor noch nicht gezogen hat
2. der Turm noch nicht gezogen hat
3. der König nicht im Schach steht und nicht über ein Feld hinwegzieht, das vom Gegner angegriffen wird

4. keine Figur zwischen dem König und dem Turm steht.

Der König kann nach zwei Seiten rochieren. Wenn zwei Felder zwischen ihm und dem Turm sind, nennt man es die kurze Rochade. Sind drei Felder dazwischen, wird das als die lange Rochade bezeichnet.

Sieg und Niederlage

Verloren hat die Seite, deren König *matt* gesetzt ist.
Das ist der Fall, wenn
1. der bedrohte König auf kein Feld ziehen kann, auf dem er nicht geschlagen werden könnte
2. die bedrohende Figur nicht geschlagen werden kann
3. keine eigene Figur zwischen den König und die bedrohende Figur gestellt werden kann.

Ein Patt entsteht, wenn ein Spieler nur noch mit dem König auf ein bedrohtes Feld rücken könnte, also mit keiner anderen Figur mehr ziehen kann (ohne dass der König vorher im Schach stand). Dann ist die Partie unentschieden.

Unentschieden ist eine Partie auch, wenn keine Partei mehr die Möglichkeit hat, den Gegner matt zu setzen. Man bezeichnet das als Remis.

Wie schreibt man ein Spiel auf?

K = König
D = Dame (Königin)
L = Läufer (Ratsherr, Hofdame)
S = Springer (Pferd)
T = Turm
B = Bauer (Soldat). Das B wird nur geschrieben, wenn man eine Stellung angibt, sonst lässt man den Buchstaben weg.
- = zieht nach
x = schlägt
e.p. = en passant, im Vorübergehen

o-o = kurze Rochade
o-o-o = lange Rochade
† = Schach
†† = Doppelschach
# = matt

Man schreibt immer zuerst, der wievielte Zug es ist, dann den Zug von Weiß – Weiß darf ja immer beginnen – und dann nach dem Komma den Zug von Schwarz.

Also: 1. Sg1-f3, e7-e5. 2. Sf3xe5, f7-f6 … usw.

Das bedeutet dann:

Im ersten Zug zieht Weiß seinen Springer (sein Pferd) von g1 nach f3. Schwarz rückt dann seinen Bauern von e7 nach e5 vor.

Mit dem zweiten Zug schlägt Weiß mit dem Springer f3 den schwarzen Bauern auf e5. Schwarz zieht dann seinen Bauern von f7 nach f6.

Liest man z.B.: 10. …, Ke8-d8, so heißt dies, dass Schwarz im zehnten Zug seinen König von e8 nach d8 zog.

Saras Partien

Lehrer – Sara
(nach Alb. Loon und Max Euwe)

1. e2-e4, d7-d5
2. e4xd5, Sg8-f6
3. c2-c4, c7-c6
4. Dd1-a4, Lc8-d7
5. d5xc6, Sb8xc6
6. Da4-b3, Sc6-d4
7. Db3-c3, e7-e5
8. f2-f4, Lf8-b4
9. Dc3-d3, Ld7-f5
10. Dd3-g3, Sf6-e4
11. Dg3xg7, Sd4-c2 †
12. Ke1-e2, Dd8-d3 †
13. Ke2xd3, Se4-g3 † matt

Bob Hooke – Sara
(nach Aljechin – Euwe, Amsterdam 1936)

1. e2-e4, e7-e5
2. Sg1-f3, Sb8-c6
3. Sb1-c3, Sg8-f6
4. Lf1-b5, Lf8-b4
5. 0-0, 0-0
6. d2-d3, d7-d6
7. Sc3-e2, Sc6-e7
8. c2-c3, Lb4-a5
9. Se2-g3, c7-c6
10. Lb5-a4, Se7-g6
11. d3-d4, Tf8-e8
12. La4-b3, e5xd4
13. c3xd4, Lc8-e6
14. Sf3-g5, Le6xb3
15. Dd1xb3, Dd8-d7
16. f2-f3, h7-h6
17. Sg5-h3, Te8-e6
18. Sh3-f4, Sg6xf4
19. Lc1xf4, La5-b6
20. Ta1-d1, Ta8-e8
21. Kg1-h1, d6-d5
22. e4-e5, Sf6-h7
23. Sg3-f5, f7-f6
24. g2-g4, f6xe5
25. Lf4xe5, Sh7-f6
26. Db3-d3, Kg8-h8
27. Tf1-g1, Lb6-c7
28. f3-f4, Dd7-f7
29. Td1-f1, Lc7xe5
30. f4xe5, Sf6-e4
31. g4-g5, h6xg5
32. Sf5-d6, Se4-f2 †

33. Kh1-g2, …
(hier lief Sara weg, aber 1936 ging die Partie weiter:)
…, Sf2xd3
34. Sd6xf7†, Kh8-g8
35. Sf7xg5, Te6-g6
36. h2-h4, c6-c5
37. d4xc5, Te8xe5
38. Kg2-h3, Sd3xc5
39. Tf1-c1, Tg6-c6
40. Tg1-e1, Sc5-e4
41. Tc1xc6, b7xc6
42. Te1-c1, Se4xg5†
43. h4xg5, Te5-e6
44. Kh3-g4, Kg8-f7
45. Tc1-c3, a7-a5
46. Kg4-f3, Kf7-g6
47. Tc3-a3, Kg6xg5
48. Ta3xa5, Kg5-f5
49. a2-a4, g7-g5
50. Ta5-a8, Te6-e4
51. Ta8-f8†, Kf5-e5
52. Tf8-e8†, Ke5-d4
53. Te8-b8, c6-c5
54. b2-b4, c5-c4
55. a4-a5, Te4-e3
56. Kf3-f2, Te3-a3
57. Tb8-g8, c4-c3
58. Tg8xg5, Ta3-a2†
59. Kf2-f3,c3-c2
60. Tg5-g1, und gleichzeitig gibt weiß auf.

Dolf Verroen
Krieg und Freundschaft
Mit Illustrationen von Charlotte Dematons
151 Seiten, gebunden
ISBN 978-3-7725-1945-1

Kees war froh mit mir. Und ich mit ihm, erzählt Joop.

Doch es ist Krieg. Deutsche Truppen haben die Niederlande besetzt. Von diesem Tag an ändert sich alles für Joop: zu Hause, in der Schule, mit seinen Freunden. Ein jüdisches Mädchen darf plötzlich nicht mehr in seiner Klasse sein. Aus einer Nachbarstraße werden alle jüdischen Familien abtransportiert. Seine Eltern verstecken Leute, die im Widerstand sind, in ihrem Haus. Aber es gibt auch die anderen, die Mitläufer, die ihre eigenen Landsleute an die Deutschen verraten. Hat Joops bester Freund Kees etwas mit denen zu tun?

Verlag Freies Geistesleben